怒海驚魂30日

心水・著

序

廖蘊山

記得四年前，玉液兄第一部長篇小說《沉城驚夢》脫稿後，曾推余為第一個讀者，並綴一序言，以誌其事。今玉液兄在友人慫恿之下，復將其逃難故事，寫成《怒海驚魂》一書，作「驚夢」之續集。溯始南越山河變色，繼以民眾逃亡，多少人驚夢驚魂，而無法訴說。幸玉液兄秉文藝長才，操如椽大筆，譜下此二驚之曲，以彰印支慘史於世人之前。本書脫稿後又許余先讀，且囑作一序文。余何幸既與玉液兄為友；復卜居近鄰，既先睹佳作為快，蕪文又附大作見世，惟自忖淺陋而沾此光彩，不免慚愧於心耳。

當年投奔怒海，千帆逐浪，其中驚險、悲愴、怨憤交織而成之故事，盡是可歌可泣之篇章。余亦是此路過來人，每想起海上漂流、奄奄一息、死生兩難之景，至今猶有餘悸。當年南中國海上逃亡潮之際遇，幸蹇各殊，不一而足。有航行五、七日而安抵彼岸者；有漂流數十日因饑渴而死者；有遇風濤沉船而全家葬身魚腹者；有遭海盜姦殺而沉冤海底者；甚至水盡糧絕，在求生本能下而噉食屍體者，亦間有所聞，總之歷劫之慘，絕後空前。孰為為之？孰令致之？奈鬼神昧然，蒼天莫問何！

玉液兄筆下之「南極星」號貨輪，是越共公開放人時，第一艘載客最多之鐵殼船，其在公海上曲折之過程，若非親歷其境及具文學素養者，自難道箇中離奇情景。玉液兄既躬逢其會，又備生花妙筆，故娓娓道來，每使人有峰迴路轉，波譎雲詭之感。當然僅以在船上及荒島間廿餘日之過程，寫成一本十餘萬言之小說，其筆下涉及事情之瑣碎，自所難免。惟玉液兄以流暢之筆調，作有力之渲染，情節緊湊，人物宛然，自有其精彩生動引人入勝之處。尤其又敘又議，甚多段落插入作者對事理之感想，筆調所及，闡析人生哲理，絲絲入扣，發人深省。由此亦足見作者對人生體念之精微。

玉液兄嘗言本書內容，除部份愛情故事，為《沉城驚夢》之延續，屬於虛構者外，大部份情節實有其事，甚至許多人物皆用真姓名出現書中，同船者不乏在澳州定居，自不難求證云。余甚惜玉液兄執筆太遲，若早十年寫成此書出版，定可轟動中外，為之紙貴洛陽矣。然無論如何，此書之面世，將為暴政殘民之歷史，多作一重見證，應無疑義也。

一九九一年十月寫於墨爾本

自序

四年前寫完了部長篇小說《沉城驚夢》後，我就沒有想過再創作另一本書；一九八九年，拙書獲得台灣華僑救國聯合總會頒發的文藝創作項「華文著述獎」，因為我是首位澳籍華裔作家榮獲此獎的人，故本地傳媒有了一些報導，並先後四次應邀到澳洲廣播電台及墨爾本民族電台接受訪問。因此無形中有了壓力，更不敢隨便塗鴉。

去歲赴曼谷出席亞華作協第四屆大會，有幸認識了韓國詩人許世旭博士，在他客房聆聽詩論；後來他知道了我是在海上逃難的印支船民，對於我的經歷大感興趣，竟再三鼓勵我要把這些寫出來。返澳後，許先生的話時時在腦中繚繞，終於鼓起再度提筆的勇氣，心裡的壓力也消失了，積一年多的工餘辛勞，當此書脫稿時，我的興奮是難於形容的。

當年，中越交惡，越共輸出難民無疑是全面排華的一種惡毒手段，我華族同胞不幸沉屍海底者不計其數。這種九死一生的驚險過程，是生活在昇平世界的人所難於想像的。在我創作時彷如又再側身噩夢裡，我完書時之興奮是包含了這個夢已結束。

「南極星座」完成了救人的任務，殘骸在平芝島旁漸漸沉沒，千多位幸運的乘客有緣讀拙書，必定會說這不是虛構的小說，而是真真實實的紀實文學。

對於香港和台灣的讀者，這本書希望只是一篇小說，是別人的一場噩夢，我焚香合十禱告上蒼，不要讓這類悲劇再發生在世人身上，不論是哪裡的人。

容我多謝許世旭博士在泰京對我的鼓勵。廖蘊山詞長為拙書作序，隆情厚意，衷心銘感！拙書於一九九二年九月十四日起至一九九三年元月廿七日止，在泰國《世界日報》湄南河副刊連載完，能有此機會和泰國讀者們結下文字緣，是名詩人林煥彰先生對我的厚愛和支助，謹此致謝！

最後是感恩內子婉冰無微不至的照料以及精神支持。

一九九一年七月九日墨爾本

一九九三年九月廿四日修訂

1

狂風怒號，颳起浪潮一個個拍擊著海面的一艘小漁船，躲在艙底的七十多個人在懼怕裡有份共同的感覺，那就是：天威難測。完全沒有宗教信仰的人也虔誠的唸唸有詞，似乎唯有如此才能打動「天心」。在一片嘔吐、啼哭和禱告聲混合的微弱音波裡，小船任由無形的手代為掌舵，在茫茫翻滾的浪堆上跳躍，每一分秒的飄流都可能被巨浪吞噬。

婉冰臉無血色、手腳冰冷的緊擁著明明，元波無力的倚近她身旁，雙手分別摟抱阿美阿雯兩姐妹；一家人生平沒乘過船，首次面臨風浪的吹打，那份震驚和恐怖，自然的在血液裡隨著無情的海天奔流。

死亡像一道門，黑黑暗暗一如艙底，跌進去、便沒有感覺，沒有痛苦。最可懼的卻是在門外徘徊，不知哪一秒哪一分，門會忽然拉開，然後整船的生命毫無掙扎的陷落。元波咬著上唇，在幽暗的空間睜著眼，他一定要注視著那道門，剛剛平安抵達國際海域，才呼吸了新鮮自由的空氣，他絕不甘心就那麼無聲息的落進死亡之境。雙手出力的摟緊女兒，把臉頰貼近婉冰，彷彿只要那樣堅持的睜大眼睛，門就不會開了。

恍恍惚惚不知多久以後，奇蹟好像在眾人虔誠的禱告裡出現了。再聽不到海天嗚咽悽厲的聲音，門被拉開了，不是那道黑暗的地獄之門，是原先用來封艙的木門，光亮強烈的照進艙底，照著那一片狼藉和苦難的容顏。

沒有人歡呼，不過淚痕卻乾了，四肢均感軟弱，大家還是掙扎著在裡邊爬上來。

雨過天青，波平浪靜，茫茫海面灑滿一色藍，輕舟在朵朵綻開的笑臉裡迎風前進。海天一線的水平上淨現了一個小黑點，眾人議論紛紛，元波也緊張的極目遠眺；那黑點在眼瞳裡漲大，漸漸地顯出了朦朦的輪廓，竟然是一艘船的線條。那麼單調的幾筆繪描在海洋的畫布上，背景也是一片藍，漁船上所有的眼睛這時都加倍亮麗，不知何人先大叫一聲：

「嘩！是大船啊！」

大家興奮到就在船板上歡跳，把濕淋淋的背心外衣高高舉起搖晃；婉冰過於快樂，忘形的擁抱元波，喜極而泣。元波輕輕的拍著她，視線卻始終望著迫進瞳孔如一座山似的巨舸，褐色船身近舷上用白油方方正正印著十三個英文字母：Southern Cross，船頂高高掛著一面紅白相間的印尼國旗。當小漁船靠近這艘看來很殘舊的貨輪時，船上的七、八位赤肩露體的水手吵吵鬧鬧的呼喝著使人聽不懂的話，間中也夾雜幾句英語。

漁船的舵手這時向上對他們比手勢，不久，上邊其中一個膚色黝黑的水手放下繩梯，一個人從貨輪上來到小漁船。舵手拿出些紙張，他接過後匆匆一讀，就揮揮手再爬上大船。不久，貨輪放下了幾條繩梯，漁船上的老幼男女立即攀梯而上，輪上的水手們通力合作，老遠伸出有力的大手，借力幫助上爬的人，將到船舷，更雙手並用，一拉一抱，如老鷹捉小雞似的輕易把人往甲板上放。阿美姐弟三人全由水手抱上去，忙亂了一陣子後，全部的人都登上貨輪，在眾人愕然的表情裡，那漁船竟在舵手操作下回航了。

「阿波，為什麼會這樣呢？」婉冰迷茫的望著漸駛漸遠的漁船，終於忍不住向呆立身旁的丈夫發問。

「我也不明白，可能他們不想走。」

「你覺得嗎？這艘貨船好像老停著呢！」

「是的，好像在等我們來。」元波也滿腹疑團，但在經歷了早先那場大風雨後，能夠換上這艘比漁船大上幾十倍的貨輪，心裡卻充滿了高興。至少，若再發生那種不可測的風暴，這艘鐵船就無論如何都比較安全了，那些疑團就變得無關重要。

海面風平浪靜，貨輪在暗湧的海上輕輕的擺盪，元波沿著船舷，舳艫兩端走了一次，說不上有多少碼距離。他像探險者似的發現了幾個大艙，竟都是空的，經過了駕駛室，從玻璃望進去，幾位水手在抽煙，對他揮揮手，元波堆起笑意，卻不能用自已的語言和他們溝通。只好又往前行，接著是看到機房、廚房和廁所，在走廊上有無數的門，也不曉得是什麼所在。

回到婉冰身旁，明明在哭，許是餓了，才想起從昨夜到今天已整整十多個小時沒進食了。由於明明的啼聲，阿美阿雯也苦著小臉嚷著餓，大人們全被感染到；這時，兩個水手拿著「康元」餅乾罐出現在人群裡，一個把整罐餅放在明明眼前，用閩南語對著元波說：

「給孩子先食，你們的飯自已到廚房裡輪流拿。」
「多謝，原來你是福建人。」元波高興的接過餅。
「是啊！你們以為我是印尼仔？我是新加坡人，姓李，叫我小李好了，因為船上還有一個是老李。」
「喂喂！兄弟，佢講乜野？」不會閩南語的人爭先朝元波問，他只好充任臨時翻譯，把小李的意思轉達，聽到有飯，圍著的人立即散了，全湧到廚房。
小李友善的展現一個微笑說：「你貴姓？」
「小姓黃，江夏黃。」
「黃生，水在廚房和後邊近機房處，有什麼事你找我就行了。」
「多謝，李先生。」
「免客氣。叫我小李。」他伸手拍拍元波，像老朋友般的熟悉和親切，一轉身，頭也不回的走了。」
阿美與阿雯隨著眾人到廚房，不久分到兩碟飯，拿到父母面前，婉冰接過一份，另一碟交給元波，兩姐妹高高興興又跑去了。大家吃過飯，對於能乘坐這麼大的貨輪，心中都很慶幸，也沒人在乎船是否開動。引擎聲隆隆響，輕波微浪拍打船身的悅耳聲音有如音樂，仰望白雲藍天，呼吸著新鮮空氣，彷彿是乘遊船旅行，怎能不叫人心滿意足呢？

元波舒服的半臥在甲板上，燃起一根「西貢解放」牌的煙，明明伏在婉冰懷裡睡了，阿美阿雯很興奮的編織著童真的夢，爭論些他們認為必要爭論的問題，阿美忽然把頭轉向父親：

「爸爸，我們去那裡？」

「去澳洲。」

「澳洲在哪兒？」阿雯擺動著腦後的兩條辮子，也向父親發問。

「在南方很遠很遠的地方。」元波也不能確知有多遠，只知那是一個自由國家，可以讓人活得有尊嚴的好地方。此外，澳洲的一切，他像眾人般的一無所知。

「要在船上多久才會到呢？」阿美又問。

「不知道。爸爸和你們一樣也是第一次乘船。不過，這條船是不會到澳洲那麼遠的。」元波把潮濕的香煙，用手指彈出船舷。

「可能會到泰國。」婉冰望著丈夫說。

「說不定，也可能到新加坡或馬來西亞。」

「到馬來西亞就好了，可以立即通知培焜啊！」

「她嫁到吉蘭丹做少奶奶好多年了，忽然接到我們的消息，妳猜她會怎樣？」元波半閉眼睛，心中也有點興奮，倒真盼能到馬來西亞；十多年前的好同學祝培焜，音訊斷絕數年，但他相信，在一家落難時刻，她接到消息後必定會伸出援手。

「阿波，我相信她會趕來探我們。」

「應該會的，不過，希望她的地址沒有改變。」

「爸爸，你在講的人是誰？」

「是爸爸以前的好同學，妳們要叫她姑姑。」

「我們見過她嗎？」阿美好奇的問。

「妳很小的時候，姑姑抱過妳，阿雯還沒有出生。」

這時，忽然一串廣東話散進空氣裡，語調緊張：

「喂！喂！你地快來睇野，有幾隻船來緊呀！」零星分散在整個甲板上的人都一擁而起，元波夫婦也隨眾迫前，望向左舷海面上。果然四艘漁船已經撞進眼瞳裡，乘風破浪地航向貨輪，朦朧中竟發現四五個手持步槍，身穿黃色制服的越共公安站立在漁船上。元波夫婦大吃一驚，六神無主，四肢冰涼，心想、這次完了。船上各人反應也相同，慌張恐懼的氣氛中，有人大聲呼喝啟錨開船，可那班印尼水手無動於衷，貨輪上的擴音器這時發出了吼聲：

「來船打旗號，放慢速度。」

四艘小船的航速立即慢下來，距離越來越近，但見每艘船上都有人在揮舞小旗，擴音器再次揚聲：

「VT227的船先靠近，VT11143的跟著，後面的兩船轉到左方來。」

貨輪上四週的繩梯紛紛降下，在元波目瞪口呆裡，四面八方的人如螻蟻般的爭先恐後，在一片呼娘喚兒的吵雜裡爬上貨輪。元波拉著兩個女兒，和婉冰趕緊退至甲板近艙底的梯邊；人像潮水；洶湧的把整艘大貨輪的空間吞沒了。四條漁船上的水手最後把幾箱沉重的行李鉤上吊索，印尼水手通力合作的接收了重箱後，在越共武裝公安的指揮下，漁船又回航歸隊。

原來清清靜靜的貨輪一下子變成了個露天大鬧市，在沸騰的人聲裡，引擎也怒吼了，八百噸級的「南極星」號在黃昏的夕照下，排水開航。

2

元波一家原先寬闊的住宿空間已經被湧上船的後來者佔據，沒人知曉總共有多少逃亡者。但整艘貨輪的三個空艙和甲板，以及通往廁所廚房的走廊，密密麻麻的都是各式各樣的人。婉冰手裡牽著明明，他睜著眼，怯怯的望向身旁的陌生者。阿美姐妹也給這突如其來的人潮嚇得不敢張聲。已過了晚餐時間好久了，元波很想到廚房弄些食物充饑，可怎樣也無法移動，眼前一望無盡全是人。他終於完全明白了「擠沙丁魚」的真正形容，還有書本上說的「寸步難移」，都千真萬確的出現在眼前。無法可想中只好把小李給的「康元」餅乾悄悄打開，分發給家人，然後用水瓶裡的剩水解渴，算是晚飯的湯水。

前後左右的人也各自把帶上船的乾糧拿出來吃；涼風拂來，也把不曉得自那個角落的吵架聲音送到：

「丟那嗎！唔讓開，老子砍死你。」

「惡人我見得多啦！未見過似你咁，哼！殺人都夠膽講出口。」

第三個聲音接著：「無聲狗咬死人，會吠唧唔駛怕，睇佢點殺人？」

「你讓唔讓呀？死八婆。」

「喂！唔好嘈死人啊！」

「關你乜屁事要你插口？」

「唉！兄弟，同舟共濟，一人少一句啦！」

「我呸！」

餘音裊裊，隨風飄過，許多張嘴在吃過以後，就改變了方式，一場社交的會話此起彼落，間中也偶然又傳來新的爭罵。

元波吃驚的發現中國人的嗓子，竟然可以掩蓋隆隆的引擎聲，不意耳邊又忽然的轟進新的音量：

「兄弟，我姓符。你貴姓啊？」

「你在問我？」元波沒想到是左邊那個中年胖子朝他叫。

「是啊！年輕人都叫我符伯，你做哪行的？」

一個問題還沒答新的又來了，元波想笑，但又忍住，也拉開嗓子回應：「我姓黃，做生意的。」

「三劃王或是者是大肚黃？」

「不是三劃王是江夏黃。」原來是個老粗，元波看到婉冰嘴角向他泛起個笑意。

「那麼就是大肚黃啦！喂！黃生，你很斯文，倒像個教書人呢！」

居然會看相，元波心裡倒也覺得有趣，他說：

「符伯好眼力，我以前也教過幾年書。」

「是啦！我一眼就猜到，像你這個相，當然是有墨水的，不似我這種粗人。」

「那裡的話，符伯客氣了。」

「這是我女人，她是我妹妹，那個是兒子，另外是外甥，全家通通出來了。你呢？」

「沒你那麼幸運，父母和弟弟還在，只有我一家人。」

「吉人天相，你不必擔心，我以前在福門市做粉廠，越共一到就沒收了我的工廠；以往他們搞革命，我老符還暗中資助他們呢！忘恩負義的死老鼠，阮文紹好野！一早就叫我們要看清共產黨的所作所為啦！」[1]

「符伯！你們怎會上這艘大船的？」元波忽然想起了。

這個他想不通的結：為什麼？越共會領著他們上貨輪。

「你不知道？」符伯反而好奇怪的瞪視元波。元波誠懇的出力點點頭。他再接下去問：

「你不是和我們一起來的？」

元波搖搖頭。

「你怎樣來，你講先。」

1 福門市距西貢約二十多公里。南方人對越共統稱為老鼠，皆因戰爭時越共作戰是日夜顛倒。

「我弟弟接頭，叫我們下漁船，遇到七級風浪沒死掉，就碰上這條大漁船，就這樣上來的。」元波把始末大聲的回覆他。

「我唔信，有咁大隻蛤那隨街跳，話唔定同埋我地一支水。」[2]

「我真的不知道內幕，或者你又猜中，符伯！」

「我地先登記，每人交十二塊片糖比老鼠，越共公安就送我地上船。你見到先頭幾箱行李，就係比貨輪的水腳，通通係金片。」[3]

「原來這艘貨輪約定來等你們的。」

「係啊！夜啦！早抖！」（早點休息，晚安之意）

「早抖，符伯！」

人聲漸漸靜下去，代之而起的是千奇百怪的鼾音，如猿啼狼嚎蛙鳴噪，虎嘯龍吟獅吼等異聲此起彼落，像在唱和又似在鬥氣。各不相間的連自已也無法控制的音量呼吸，如入無人之境的橫行夜空，構成了一首從未演奏過的恐怖交響曲。

2 廣東俗語意為沒那麼便宜事，後句是說不定和我們同樣。

3 金葉叫做片糖，每兩叫做一塊。

婉冰沒法闔眼，元波感到疲倦，可又了無睡意，夫妻心靈相通的各自伸出手，輕輕的盈握著。前後左右都是人，全是些不相識的陌生者，卻又不可思議的擠在一起。遠遠近近不能成眠的人，也不忍破壞夜的面貌，大家沉默一如無涯的海天。

疏落的幾點紅光是燃煙者側身所在的地方，閃爍的微亮彷彿也遙相呼應，明明滅滅的抗拒黑暗。

夜色靜美的網住海天，也不知過了多久，鼾聲漸漸給浪濤淹沒了。風加強後，幾滴涼冰冰的水珠濺上元波臉頰，接著沒頭沒腦的密雨便橫掃而至，甲板上的人全醒了。婉冰抓起一件外套緊張的坐直身體，把它用雙手打開，撐成半面傘罩住明明；元波彎著背，盡量將軀體擋著襲來的風雨，好讓兩個稚女可以繼續在黑甜鄉裡作夢。

本來平穩航行的貨輪在洶湧而起的浪堆裡吃力前進，船身不時東搖西擺，狂雨在呼嘯的勁風推動下排山倒海似的，像非得把怨氣全掃在這艘海面獨一無二的貨輪上不可。艙面的人早已都變成落湯雞，阿美姐妹也醒了，雙雙縮瑟在父親的臂彎下，婉冰把背面靠近元波，又冷又抖的希望可以從丈夫身上取到些微溫暖。

令人心驚膽跳的是一個個像千軍萬馬衝殺而到的浪潮，擊向船舷外的鐵板船身，每一個撞擊總發出一次船的呻吟哀號，悽厲而恐怖；而在每次哀吟後隨之而至的是全部海水潑淋澆下，絕不留情的摧殘著一船苦難的生命。

「爸爸！我怕……」阿雯哭著喊。

「乖乖，沒事的，冷嗎？」

「爸爸，我很難受……」阿美沒說完，口一張忍不住嘔吐了，元波伸手搓揉著她的背；接著阿雯也把胃裡的殘渣噴出來，婉冰受到感染似的也吐啦！作嘔的聲音就在船裡傳開了，每個人的胃部翻滾一如浪潮的舞姿，忘形的在跳動抽搐，嘔吐成為一種原始的快感，什麼尊嚴禮節統統扔回給岸上的文明世界。所有至親至愛的人，以及同船上新結成的左鄰右里都無怨言的承受了面向者的涎沫穢物。幸好在雨水沖刷下那些吐盡的殘渣胃酸，甚至些微的膽汁都隨之消失。

顛簸擺動的貨輪不知過了多久，像醉後初醒的飲者又踏穩了腳步，衝破了那層風雨襲擊包圍網，又正常到彷彿什麼事也沒有發生過似的。留下一船人的睏倦及昏暈。元波心裡終於明白了，在難測的天威裡，八百公噸級的鐵船和原先乘搭的三十噸小漁舟，其實一點也沒有分別。平靜海面所隱藏的殺機，是沒經歷過的人所不能明白和相信的。

迷迷朦朦的睏倦裡，鼾聲卻再也不見鳴奏，似乎醒著就可以看到天亮就可以平安到達彼岸。

3

微曦在雲端上出現，吵雜的人聲又在清冷的空氣裡迴盪。兩個廁所大排長龍，許多男性忍無可忍時倒很快想出了方法，紛紛面向大海，站在船舷處把尿水排進海裡。女士小姐們起初都表現很氣悶，因為她們一時還沒擺脫陸地上文明世界的常規和觀念。但是後來、在幾個角落，水手們掛上塊麻包，女人們也忘了尷尬之情，忍不住也到麻包後蹲下，把排泄物餵魚群去。

上天造人，多出個肚子，在逃難時刻可真真麻煩死了。解決了廢物，內部唱空城計，便得設法填飽；飽食後，消化系統運轉，又要排隊等廁所，整天窮忙，竟只是忙於解決食和排便這兩種本能的事上。

貨輪的幾十包白米，未經船長命令，早就被大家瓜分完，誠實的人只拿到足夠一日的糧，部份人卻盡其所能的把米移至自己的佔領區。燃料是炭枝，也遇到同一命運，遲來的再沒法尋覓到黑炭的所在。

飲用水存放在機房旁邊，由於無人攜帶瓶罐膠樽之類的容器逃難，故沒有誰爭搶；要用時才去取，但吵鬧聲不絕，是些不守規矩的要偷偷插隊人被發現而引起的爭執。

天亮後，炊煙處處，數不清臨時搭架起的爐火皆已在煮食。婉冰蹲在爐前，給煙燻得雙眼淚水直流，可是爐火總沒法順利燃燒；符伯看見了，熱心叫他女兒過來幫忙，婉冰才能將飯煮熟。

符伯一家帶備了魚乾，肉絲、臘味等食品，吃飯時，他慷慨的每樣都分一些給阿美阿雯和明明。元波夫婦千恩萬謝，在患難時得遇貴人。有這麼好的「芳鄰」，同舟共濟倒不單單是書本上的字句了。

部份單身漢三五成群的結合起來，也不曉得他們如何神通，竟然把貨艙中的餅乾，沙丁魚和即食麵通通抬出來。然後按照他們自訂的定量分派，十口才能配給一盒魚，五口分一包麵，元波要和姓雷的「鄰居」共分一盒魚。有疑問的父老們，出聲詢問訂額是何人決定時，帶頭的人居然用越語連串的三字經，先聲奪人似的潑下，之後霍的拍拍橫肉塊塊的胸膛說：

「我姓張，張飛是我的老祖宗。有東西派還囉唆什麼鬼？誰有問題等下來找我。」

元波斜望著這個大塊頭。他兩道粗眉成一字形抹過，獅子鼻配上個大嘴唇，唇上兩條濃濃的黑鬍，好像是給那個小頑童趁他睡時用膠水貼上去似的，有點不相稱的掛在臉上；露胸的肌肉結實硬朗，屹立人前，彪形體魄再加上滿口粗話，望上一眼都想快快避開。

想計較的人碰上一鼻子灰，餘人也就三緘其口，等他走後吱吱喳喳的又議論紛紛，符伯大聲說：

「兇神惡煞，像個大海盜。」

由於他的尊容，再加上符伯這麼形容，「海盜張」就成了他的花名，傳遍整船，無人不知。[4]

吃過早飯，元波決心繞船走走，想看看有沒有熟朋友也上了船；在寸步難移中前進，要萬分提神和小心，不然很容易引來不必要的誤會，水洩不通的人堆阻路時，更要連聲的對不起。行到艙邊往下瞧，但見艙底也擠滿了或坐或臥的各式人等，亂七八糟的用具什物衣服也堆佔了全部空間；接連三個艙的景像都相同，真是觸目驚心的一幅災難圖。

在走廊上，有十多箱沙丁魚和即食麵吸引了元波的視線，他好奇的走近去，六、七個赤身露體蹲著玩紙牌的江湖漢子立即對他怒目而視。

「是誰的？」元波還是忍不住的要弄明真相，指著那些食品隨口問。

「兄弟，眼看手勿動，是我的，怎麼樣？」聲至人到，忽然跳出一個彪形大漢；元波抬眼望正是海盜張。

「喲！原來是張先生，剛才你說十口分一盒魚，還餘下這麼多箱，什麼時候再分呢？」元波一臉笑的向著他說，手指縮回，忐忑的搓著雙手。

「再分？哈！你慢慢等啊！」海盜張和那班年輕人引發了笑聲，好像聽到了什麼大笑話似的瞪著元波。

4　張先生後來移居加州，開「的士」謀生。多年前筆者到美國，先岳父曾邀他一起茶聚。

一陣怒火莫名的湧上心頭，元波臉上的笑意消失了，他掃了他們一眼，再不說什麼的往前行。不意又遇到另一堆疊的罐頭食品，旁邊把守四、五個人，滿嘴粗話的在閒聊；看到有人駐足，其中一個惡聲惡氣的呼喝：

「喂！兄弟，搵食行遠的，睇乜野？」

「康元餅乾是你帶上來的嗎？」元波想起阿美姐弟三人，早先小李送來的餅乾已存量不多，缺糧畢竟是影響生存的危機。

他心有不甘，逃難途中也會遇到惡勢力，真是全沒想到的事啊！

「是又怎樣不是又怎樣？」整班夥伴不約而同的站起，對元波怒目而視。

「對不起，隨便問問。」他看到勢頭不妙，絕不能吃眼前虧，訕訕的趕快離開。路過廁所，廚房……到處全湧滿人，通出走廊後爬梯而上，原來是船長室，元波不知船長是何方神聖？心中那股怒火卻在燃燒，他認為既然身為船長，有責任擔當全船安危，怎能給鼠輩橫行無忌，結黨營私，強佔公糧。他想也沒多想的就衝動的伸手敲門，應門的是位高瘦的洋人，帶著眼鏡，笑吟吟的望著他。元波啞口難言，對連串發問的英語不知所措；他正想退回去，門後伸出一個頭來，竟是小李，他那國字臉形的五官，只要見過後總難以忘卻。

「是你，什麼事？」

「小李，真巧，我想見船長。」

「進來吧！」

元波踏進去，小李再關上門，裡邊原來開了冷氣。小小房間有臥鋪外，辦公桌前還有四張小沙發靠壁而擺，地方雖窄，但比外邊的世界可舒服了千百倍。

「船長比爾！」小李指著洋人介紹：「這位是會講福建話的Mr. Wong。」

「How do you do，Mr. Wong？高興認識你，有什麼我可以效勞的？」

元波愕然萬分的望著船長，他講閩南話，純純正正的發音，難怪小李要向船長強調自己是會講福建話的人。

「您會講閩南話，太好了。」元波高興的說。

「我娶新加坡太太，當然要學閩南話。」船長遞過一根三五牌的香煙給元波，小李為元波燃亮了打火機。

「船長，我們十人分一盒沙丁魚，有些人卻佔了很多箱，為什麼會這樣呢？」元波吸了口煙，解決了語言的障礙，他就理直氣壯的要找回公道。

「怎麼會有這種事？他們說是代表，我就把食品交給他們分配。」

「我們誰也不認識誰，根本沒有什麼代表。」

「我的任務是到西貢載貨，沒想到會載這麼多活貨，Mr. Wong！我完全沒有這種經驗。你叫我怎麼辦？」比爾船長放下煙，喝了一口啤酒，小李這時打開冰箱，拿出兩瓶啤酒，遞一瓶給元波，船長推推眼鏡，再接下去說：「我是貨輪的船長，絕不是遊船的船長，今早打電報回去求救，聯合國駐在菲律賓的難民高委會代表，卡賓特先生（Mr. Carpenter）已經來電，要我報告人數。我怎麼知道有多少人？煩死人的問題有一百一千個，我又不能駛返新加坡，不然就要入獄，吊銷船長證。全是你們害慘我，你說，我該怎麼辦？我該怎麼辨？」

沒想到比爾的情緒竟會這麼激動，元波本是興師問罪來的，看到這樣一位瘦弱而又不六神無主的人，他能要求什麼呢？

門推開，進來一個印尼舵手把一張電報交給船長，用英文交談幾句又自個兒離開。

「又是限時報告人數，高委說明若是不覆的話就無法處理這船難民。天曉得，密密麻麻，像螞蟻那麼多的人怎樣算法呀？」比爾揚揚手中的電報，垂頭喪氣，表現到大限臨頭那麼的使人不忍。

元波不加思索，脫口而出的向他說：「船長，我可以幫你調查人數。」

比爾定定的望著他，眼色好像發現了稀世奇寶似的充滿疑惑，然後忽而站起身熱烈握著元波的手說：

「真的嗎？Mr. Wong！太好了。要多久呢？」

「高委會的來電有沒有說明什麼去候要回覆？」

「有啊！今天下午四時正。」

元波看看錶，是八點一刻，心算一下還有七個多小時，就很有把握的說：

「好！我可以準時把人數交你。但要你給我幾十張白紙和鉛筆或原子筆，要借用你的這個辦公室和用你的擴音器，行嗎？」

「可以，可以，太好了，真是太好了。」船長轉向小李：「從現在起，Mr. Wong要什麼協助，你應該盡力。Ok，Mr. Lee。」

「Yes Sir！」小李愉快的接受了命令，並和元波握手：「多謝你的幫忙。」

4

一九七八年九月十一日早上八時半，距離南極星貨輪從南越頭頓海港駛入南中國海國際水域兩天之後，輪上的擴音器忽然清亮的播出了廣東話：

「各位父老叔伯嬸嬸，兄弟姐妹：我姓黃，受船長委托緊急查點全船總人數，要求大家合作。因為今天下午四點鐘前要完成這個統計工作，難民高委會才能安排我們登陸。現在請大家在左右同伴中自已推舉一位會書寫英文或越文的代表，到船長室來領紙筆；然後各位向代表登記。注意，每人只能向一位代表登記，用你們證件上的姓名，重複登記、不參加登記或亂登記的，一切後果自已要承受，多謝各位！」

接著是國語、越語、閩南話和潮語，輪流播出相同的內容。元波用五種語言播放了調查人數的通告後，才放下擴音器，房門外已經圍滿了人；他問清楚知道是眾人推舉前來的代表，便請他們移進室內。

他拿白紙和筆分派，然後把來人的姓名先抄下在一本簿上，將領紙筆者的次序編了號碼，總共有三十九人通通索取了紙筆後，元波就對他們說：

「各位朋友：紙上的編號，是什麼號碼就是什麼組，你們自已的姓名寫在第一行，是該組的組長。全船總共三十九組，登記項目包括：姓名、姓別、出生日期、地點、婚姻狀況、職業。請大家把項目抄下，統一依序填報，用正體字母，方便工作，有什麼疑問嗎？」

「黃先生，什麼時候要交給你？」

元波看看手錶，然後說：「時間很緊迫，最遲十一時要登記好交回來。」

另一位組長舉手問：「為什麼要登記？」

「聯合國難民委員會駐菲律賓的總部來電訊要船長報告總人數，不登記怎會知道呢？」元波微笑的望著眾人說：「還有什麼問題？好！沒有的話請大家立即回去登記，謝謝你們的幫忙！」

組長們紛紛回到各人的地方，擴音器又響了：

「各位父老鄉親朋友：大家已經順利選出了三十九位組長，為方便工作，按時完成登記。從現在起算，十分鐘後，全船暫時戒嚴。要求各位家長約束子弟不得在船上到處亂跑，各歸原位，多謝大家合作。現在我讀出各組組長的姓名：第一組賴坤培，第二組何振權，第三組王養，第四組……十九組洪壽……廿八組陳少奮……三十九組周偉堂。」

元波放下擴音機，接過小李遞來的香煙，面向船長說：「船長，可否請你派七、八位水手到處巡行？不給他們亂跑，不聽話可以嚇嚇他們，容易使我的登記工作搞好。」

「OK！好主意。」比爾船長抓起擴音器就用英語發佈命令。元波又向著小李講：

「小李，煩你去見我太太，告訴她我在此幫忙，我們一家人的名單你順便交給她，要她登記，謝謝你。」

小李拿過元波手上的紙條，就走出去了。這時，已經有好幾位組長把名單交到了。

元波再拿起擴音器，他的聲音又一次響遍整船：

「各位已經登記好的朋友，會英文的請到船長室來，我們需要幾位協助抄寫統計，這是義務工作，希望大家自動來報到。」

來交名冊的組長們絡繹而至，不到十一點鐘，三十九張填滿姓名的白紙已擺放在檯上。船長宣佈解除了戒嚴，水手們也收隊回歸工作單位。

熱心幫忙的人已經齊集在船長室裡，總共有十多位，元波略問了他們的學歷，留下五位，餘者請回。

留下來的一個戴著深度近視眼鏡，不高也不胖，叫周偉堂，和母親妻子一起逃亡。

另一個微微駝背的，滿臉書卷氣，配上金框眼鏡，說話聲音低沉，彬彬有禮，他叫阿志。

黑黑瘦瘦，一臉精明自信，嘴角老掛上個淺淺的笑姿，年紀和阿志相仿，那張五官是很易親近的記號，叫做可輝！

身材高大健美，肌肉勻稱，表現沉默，難得開口說話的嘴卻又闊又大，是阿德。

體態豐滿，個子略矮，擠身男人堆裡毫不靦腆的女孩子，大方成熟的儀表，令人嗅不到太多脂粉味，她是盈盈。

元波逐一和他們握手，然後說：

「多謝你們自動自發的響應，大家接到名單後，請用工整字體重抄一份，並統計每組人數；分開男女、十八歲以下的兒童和成人的數字，抄好就交給我，我們只有四小時，大家如沒疑問，工作立即開始。」

房裡沒有足夠的檯椅同時容納六個人伏案，元波把紙張鉛筆和名單分派各人後；阿志和阿輝自已蹲到地板上，用椅面當成檯，其餘的就分開在檯上杪寫。

沒人出聲，大家全神的以最快速度下筆，每張抄好的名單交還給元波，他一個人忙著分類統計，面前的名單好快的疊起，他偶一抬頭，瞄到眼前的女孩子已經抄寫好，便對她說：「小姐，請幫我一起統計好嗎？」

「黃生，叫我盈盈好了。」她拋過一抹淺淺的笑意，愉快的接過他遞來的紙張，再問清楚了要統計的項目後，又伏案工作。

小李推門進來，手上的盤子盛滿了烤麵包和冰冷的汽水，他像指揮官似的發出命令：「大家暫停，先吃午餐，來吧！自已動手。」

元波看看手錶，放下筆說：「謝謝你，小李。我們要速戰速決，只能邊做邊吃。」

「黃生！功夫長過命，你做事原來那麼認真。」小李拿起麵包，對著元波講。

「小李，我已答應船長，不能失信，只好一起趕啦！」元波講完沒再抬頭，口在動，手也不停的塗塗寫寫。他初步計算好的人名，連同盈盈清點的相加在一起，總共是一千二百十四人；其中十八歲以下的未成年者就佔了五百零四人。望了錶才是三點鐘，元波便又把名冊分出去，要求大家再查閱一遍，尋找出重複登記的名字。果然經過一番核對，在三十九組裡其中的七個組，讓大家發現了十個完全相同的姓名；再查對出生日期地點也證實是同一個人，元波很高興的把這十個多餘的姓名塗掉，再減去多出的人數，統計全船的難民工作大功告成。

他拿出香煙分派給工作組，遞到盈盈面前，她笑著搖首。此時，門又推開了，進來的是比爾船長，元波不等他開口，隨即把統計數目呈給他，船長堆滿笑容的向元波道謝，接過統計表就匆匆去發電報了。

「黃生！恰恰是四點鐘，我們準時交差，難怪船長那麼高興。」

「多謝你們齊心合作，功勞是大家的。」元波內心也充滿喜悅，至少是言而有信，他順手抓起擴音器：「各位父老叔伯嬸嬸兄弟姐妹，我們統計全船人數已經做好了，謝謝大家的合作。船長已拍發電報向難民高委會報告，我們總共有一千二百零四人，五百零一個十八歲以下未成年兒童，二百一十位六十五歲以上的老人家，男性佔六百八十位，女性佔五百二十四位。以後，各位有什麼事就直接向你們的組長連絡，我們如今就由這三十九位組長共同領導，多謝大家！」

元波講完才放下擴音器，船長興沖沖跑進來說：

「Mr. Wong，外邊都在鼓掌，還有很多人圍在房外說要見你呢！」

「什麼事？」元波有些愕然，立刻走出船長室，阿志阿輝和盈盈也相隨而出。門外圍著的竟是三十多位組長，他們以熱烈的掌聲歡迎元波，他笑著揮手，然後問：

「大家有什麼事？」

「黃先生，我們完全同意你說由三十九位組長共同領導的提議。」其中一位年紀較大的組長發言：「但是大家要推舉一位總代表，所謂蛇無頭不行，你的意思如何？」

「喲！我沒問題，那麼就在你們三十九位中選舉一位出來，好嗎？」

「我們已經商量好了，大家一致推舉黃生做我們的總代表！」

「不！不！你們太抬舉我了，我哪有這個本事。」元波嚇了一跳，雙手連連搖擺，一臉的徬徨和不知所措。

「黃生，請不要推辭了；你如不答應，我也不做組長了。」

偉堂走出來，他先舉手再出聲：「各位，我們就用選舉方法來推選總代表，被大家共同選出的人就不能推辭，好不好？」

「好！好方法！」有人大聲響應。

「我提名黃先生！」阿志在門前舉手。

「請大家再多推舉幾位。」偉堂又說。

「我提名黃生。」

「我也支持黃先生。」

「好！好！那麼現在誰贊成黃先生做總代表的就舉手。」周偉堂堆著笑望向元波。

圍著的人群，包括小李和元波身旁的盈盈，以及阿德、阿輝，統統高舉雙手。

「有誰反對黃先生做總代表嗎？」

所有的手幾乎同時放下，視線卻齊齊射到元波身上。

「全體一致通過推選黃先生做我們的總代表。」偉堂的話聲才停，繼之而起的是歷久不輟的掌聲。

黃元波眾望所歸，就在這場歡鬧的氣氛裡成為「南極星」貨輪的難民總代表。

5

「做什麼也先講一聲，整天不見人，阿美到處找你、幸好後來小李告訴我。」婉冰幽幽怨怨的對著去了一天才出現的丈夫說。

「我也沒想到，並非是預謀要去做這些事，妳聽不出我的聲音嗎？」

「當然聽得出啦！誰知你搞什麼鬼？」

「對不起喲！別生氣好不好？」元波陪著笑說。

「哼！誰敢生你的氣呢？總代表。」

這時，符伯把肥胖的身軀移近說：

「黃生，有你領導我地，真係好野！」他把手上拿著的幾罐沙丁魚，硬要放下給元波，元波推過去，誠懇的說：

「符伯！千萬別如此，你留著，我沒有東西食時，自會向你拿。」

「黃生！何必客氣，以後還要請你多照顧我們呢！」

「哪裡的話，你別那麼說。」元波再三推辭，才把符伯的東西推回去。

阿雯貼近父親的耳旁，悄悄的問：「爸爸！你為什麼不要那些沙丁魚？」

「爸爸不能收，收了人家會說我貪心。」

「爸爸！阿雯不要吃白飯。」

「乖乖，爸爸想個辦法，阿雯不會再吃白飯。」元波心裡一酸，輕輕拍著女兒，轉向婉冰問道：「妳給孩子吃白飯？」

「沒辦法啊！」婉冰語音冷冰冰的，心中的氣仍沒消。元波低下頭撫弄女兒的秀髮，再昂首時視線就遠遠的盯著那幾十箱乾糧發呆。

忽然艙面和艙底下不約而同的爆發了一連串的歡呼，和符伯一家人同時逃難的一個年輕人，也是當組長的王養很興奮的走到元波跟前說：

「黃生，新加坡和澳洲電台剛剛報導了我們的消息，全船人數就是根據你調查的數字，並說是自西貢淪亡後，最大的一次集體逃亡呢！」

「還有什麼嗎？」

「難民高委會已經緊急和各國磋商，研究如何安排我們了。大家都說幸得你出來，不然外國也不知道我們有多少人，也就不會如此轟動了。」

「來，你陪我去見船長。」元波蹲下，對婉冰悄聲說：「我去拿糧食回來給孩子。」

元波於是和王養慢慢擠去船長室。所過處，不論老幼都自動移挪出個空間來，大家笑著和他招呼。自從由收音機收到了有關南極星貨輪逃亡人數報導後，全船的人都打從心底裡對這位總代表感到佩服，沿途上碰到組長們，元波也招呼著他們同行，到達船長室外時，已經是一堆人了。

比爾和小李熱情的歡迎他，船長眉開眼笑，再次向元波道謝，元波進了室內後，就用福建話向比爾說：

「您知不知道，我已經被選為總代表？」

「恭喜你了，小李早已告訴我啦！」比爾伸出手，元波接受了他的道賀，然後把目的說出：

「我現在來正式接收全船的糧食！」

「糧食都給那班傢伙一早搬光了啊！」比爾很尷尬的搖了雙手回答。

「我知道啊！我請求您的幫忙。」

「一定幫你，Mr. Wong！」

「好，在必要時，向您借十個印尼水手，現在又要借您的地方，行嗎？船長。」

「OK！我完全支持你。」

「謝謝您！船長。」元波返身打開門，就在門外對著組長們講：「各位，我無德無能，承大家錯愛，推舉為本船的總代表。我個人的力量絕無法領導大家平安到達目的地，你們既然信任我，就希望和我忠誠合作。」

「我們都服從你的領導！」一位組長大聲的回答，接著是掌聲。

元波高舉雙手，掌聲停止後才說：「多謝你們，現在我要接收全船的糧食以及飲用水，重新公平分配，有什麼意見嗎？」

「太好了，但是，黃生，你怎樣從他們手裡收回糧食呢？」坤培問。元波不答，整個步驟成竹在胸，自已已構想好，似乎每人心中都該明白，為什麼還會問？彷彿把答案宣之於口，天機一洩，就會前功盡棄。

「大家是否同意？贊成者舉手。」

手紛紛高舉後，元波要求坤培和王養兩位組長分別率領兩隊組長們去請海盜張和老蔡這兩個「大哥」前來面商，他返身再進船長室，拿起擴音器講：

「各位父老叔伯兄弟姐妹們，我們組長會議已經全體通過現在起由代表們接收全船糧食和用水，重新做合理公平的分配。飲用水每天早晨六時到八時分發，每人兩公升，過時水艙關閉，沒水供應。大家要節約用水，糧食等我們接收工作完畢後再按人口平均分派，各位都會從播音裡清楚知道每人應得的配量。」

元波講完，王養和坤培已經把海盜張及老蔡請來，一字粗眉獅鼻大嘴的海盜張向元波微微點頭。另一個瘦瘦身材，一對三角眼望向人，眼珠子卻左右亂動，好像被困的獸類，無心於跟前的美食，一心在尋求出路，坐臥不安的使人感到煩燥。左頰從眼角至嘴邊有道刀疤，使本來已醜怪的一張五官更形猙獰。

元波親自遞煙並為他們點火，然後說：「我姓黃，你們都見過了。」

「兄弟昨天得罪的地方，請黃先生勿怪！」海盜張畢竟是個江湖上混的人物，一臉陪笑；心裡嘰咕著，倒看不出這個高瘦的人，一日不見竟已變成了總代表。

「黃生，有什麼指教？」轉動著三角眼望人的老蔡，第一次接觸元波，但已知道眼前這個人就是今天全船人紛紛提及的總代表，不覺也客氣的稱呼他一聲「黃生」了。

「兩位賞臉肯來，我先多謝，今天我們推舉了三十九位組長，我又被大家錯愛公選為總代表，相信兩位已經知道了。」元波的聲音很平靜，客客氣氣，注視著他們。

老蔡和海盜張對望一眼，皮笑肉不笑的點點頭，冷靜的燃著煙。

「大家逃難，首先要同舟共濟，兩位是江湖好漢，當然比我更明白這些淺道理。我們已經宣佈接收全船糧食，飲用水做統一分配，兩位的手足前天多拿到的沙丁魚、餅乾、牛奶，可否交回給組長們統計呢？」

海盜張霍的站起身，大嘴唇一張，兩道黑鬍攏向獅子鼻，粗聲的說：「黃生，交出來，我們兄弟吃什麼？」

元波依然微笑的望著他，對於他粗暴的行動彷彿視而不見，還是冷靜的聲音，他的自持倒使海盜張暗暗吃驚。

「張先生，你可否先回答我，不交出來，全船的千多位父老兒童婦女們又吃什麼？」

「……」海盜張低下頭，避開元波冷冷的眼光，那道眼光有如利刃，刺到他的眼瞳好痛，這種感覺是突然湧現的，元波的話又響起：

「我告訴你們，交出來，我們吃什麼，你的兄弟們也會吃什麼。」

「黃生！如果我的兄弟們不肯交出來呢？」老蔡臉頰上的刀疤抽搐著，那對三角眼不懷好意的斜視著元波，聲音冷冰冰，充斥空氣中，使人不寒而慄。「你問得好！蔡先生，你願不願意立即就變成一千多人的公敵？」元波抓起擴音器，指著話筒說：「只要我宣佈你不肯交還原本就不是你的糧食，蔡先生，你知不知道會有什麼後果？」

這時小李越眾而出，在元波耳邊悄悄用閩南話講幾句，元波高興的站起來，對海盜張和老蔡說：

「你們可以回去了，你們的弟兄都很合作，謝謝！」

海盜張和老蔡莫名其妙的在眾人敵意的眼光裡訕訕的離開。海盜張回到前艙，自已的手下垂頭喪氣的圍攏上來對他說：「老大！我們的東西統統給搬走了。」

「誰搬的？你們這班飯桶真沒用！」海盜張望一眼原先堆滿箱盒的空位置怒吼著，他的一個手下惴惴的回話：

「小李領隊，他們人多，尤其是那些黑鬼水手們都有傢伙，我們如果反抗，大概會給推下海裡餵魚。」

「他媽的，那個姓黃的……走！」海盜張氣憤難當的急急往回走，弟兄們以為他要找姓黃的或小李算賬；他們已經吃小李兇巴巴的恐嚇後，又明知自已理虧，誰也沒跟著「老大」走。欺善怕惡的烏合流氓，也是最會看風駛舵，眼見老大已失勢，誰也沒興趣逞好漢了。

海盜張來到船長室外，終於發現那班膿包手下沒有一個跟著他，當小李迎門對他瞪視時，他連頭也不抬起，口吃的說：

「我想見黃先生！」

不等小李通報，元波已笑吟吟的走過來：「什麼事呢？張先生！」

「黃生！我有眼不識泰山，請你大人有大量，放過我和弟兄們吧！」

「老張！」元波拍拍他的肩，改變稱呼，愉快的說：「你誤會了，我們收回公糧重新分配，你們很合作交出乾糧，我們很感謝，那會有什麼事呢？」

「真的嗎？黃生！」

「是啊！你想到那兒去了？」

「黃生！我服了你，往後有什麼用得著我這個粗人的地方，請你出聲，我一定照做。」海盜張伸出粗大的手掌，豪爽的拍拍胸膛。

「多謝你，有事一定會麻煩你的！」

海盜張走後，老蔡沒有來，倒令元波感到意外。

6

接收的沙丁魚、餅乾和牛奶，經過登記，再按人頭平均分配，元波把這些工作交給偉堂，阿輝和阿志。他自已走出去，才發現早已天黑了。這時，擴音筒響起盈盈清脆的聲音：

「各位同胞；我們的總代表黃生已完成了重新配給糧食的方法，請大家向自已的組長領取；每兩人分沙丁魚一盒，五歲以下的小孩有兩罐牛奶，每五個人分一大罐康元甜餅乾，有誰領不到的請明天到船長室向我們報告。謝謝！」

接著，全船響起了一片歡呼和掌聲，大家興高采烈的談論著，話題多圍繞著黃生如何接收大批糧食的種種推測。元波回到婉冰身旁，明明和阿雯已經熟睡了。阿美拉著爸爸的手，悄悄的問：

「爸爸，那班人怎麼肯把沙丁魚、牛奶交出來呢？」

「他們當然不肯，爸爸想了些辦法，你和妹妹以及其他的小朋友明天都有餅乾吃啦！」

「阿波，你少惹那些人吧！」婉冰心裡悶悶不樂，也說不上為了什麼。

「你別擔心，沒事的，我問心無愧，有什麼可怕呢？」元波放開女兒的手，伸手去拉太太。

婉冰不快的情緒無端襲來，縮回手微慍的說：「他們不講道理時，吃虧的是你。」

「有理走天下，我總不能空掛個代表之名而不為大家做事。」元波抽出一根煙，劃火燃上，深深吸了一口，往黑黝的夜空噴出去；海風拂過，那圈白煙飄散無蹤，婉冰輕柔的聲音又傳進耳膜！

「總之，你凡事都小心，孩子都還小呢！」

「我自有分寸，妳別擔心好不好？」他心裡一熱，迅速抓起她的手放到嘴唇一吻，婉冰臉上一陣羞澀，來不及掙扎，元波已轉過身去拉好阿雯的被蓋，悄悄說：「妳先睡，我還有點事要辦！」

站起來，才發現組長洪壽在身邊抽煙，元波和他打個招呼，順口問他：「洪生，你知不知道老蔡那班人在那裡？」

「他們好像沒有固定的落腳處，東移西轉，我也不知道。」

「謝謝你，晚安！」元波小心的沿著橫七豎八的睡姿中輕輕舉步往前移，眼睛在微微星光閃爍下東張西望。還沒睡的人，認出是他時都向他招呼，南極星貨輪上不論老幼，現在已經完全認識他，大家對他恭恭敬敬。他只為大家做了兩件事，正所謂公道自在人心，做得好自然有掌聲，也由於大家對他的這份信任和厚愛，無形使到他要不負眾望，這點責任感已經不知不覺的根植於心底了。

「黃生，你找人？」

元波在船舷邊被一個打赤膊的青年擋著去路，他肌肉結實，約莫二十多歲，元波點點頭望向他。

「我叫可權，是老蔡的兄弟。」

「我正想找老蔡，你可以帶路嗎？」

「我現在已不幫他，但也不能幫你。」

「阿權，幫他和幫我是完全不同的兩回事，我不是做阿哥頭，幫我是白幫，幫我等於幫全船的父老兄弟。我做代表是大家推舉的，沒受薪俸，吃力不討好，你明不明白？」元波誠懇的說，說完也不等他就獨自往前行。

阿權受了感動似的趕上去說：「黃生！他在近廚房的走廊上賭錢。」

「謝謝，你想通了歡迎你過來工作組幫忙。」元波親熱的拍拍他的赤膊說。轉向廚房那邊走，不久，果然看到一堆人蹲在通道上玩牌。

老蔡的三角眼睨了一眼元波，有點吃驚的站起來，強裝上笑臉，那道刀疤炫耀似的牽動著，他說：「黃生！還沒睡呀？」

「找你！」

「我？」老蔡指了自己，笑容消失了。

元波點點頭才開口：「是的，找你談談。今天發生的事，請你勿怪，我這樣做，對少數人不好，對全體卻公平；我們逃難，要發財等平安上岸後再想，我絕不是針對你，任何人侵犯到這條船的公益，都會是全船的公敵。」

「黃生！我的弟兄也全把東西交出去了，你還找我幹什麼？」

「要你合作。」

老蔡的聲音提高了，摻揉了份喜悅：「什麼條件？」

「沒條件，我不是找你做買賣，我只是要你約束你的手下，我絕不想在這條船上發生任何不愉快的事件。」

「你在警告我？」

「我對你實話實講，你要怎樣想我沒法阻止。大家推我當代表，我有責任使這條船平安到達目的地；我的責任完成後，你和你的弟兄們要怎樣去發達也與我無關，我也絕不敢再囉唆了。」

「老大！你以前在那條線上當家？」

老蔡抽根煙燃上，冷冷的瞪著元波。元波對這個新鮮的稱呼有點手足無措，也拿出一根煙，盯著那張醜陋的臉，然後說：

「我是做生意的人。」

「你認識西堤的五龍十虎、黑鬼、顛馬南這班江湖英雄嗎？」

「久聞大名，但我從沒機會認識他們。」

老蔡把手上的半截煙拋出船外，嘿嘿冷笑：「我就是十虎裡的一虎，如果在西貢，你早就沒命了。你有種，離開這條船後，你再多管閒事，嘿！就別怪我不客氣了。」

「失敬失敬，蔡大哥原來是十虎之一；我們就一言為定，謝謝你的合作啦！」元波伸出手，老蔡也把手伸出來互握，彷彿是老朋友久別重逢似的，兩隻手緊緊的握在一起了。

元波輕鬆的離開，他雖然從來沒在江湖中混過，但素知這些好漢都很講信用和義氣，除非不答應，如果已經允諾必會守約。

回到落腳處，悄悄挪動阿美，擠出了些少空間；他好倦，卻又不能平靜躺下去，就那麼半臥的曲著軀體。

滿耳的鼾音和波浪拍擊船身的節奏，迷迷糊糊裡也不知睡了多久，面上一陣冰涼，給天上倒瀉的雨水淋醒了。這時，婉冰也早已坐直身體，用條毛巾撐成傘似的罩著兒子。元波用自己的身軀擋著風雨。好讓兩個女兒繼續睡。

疏疏落落的雨絲越飄越密，在呼嘯的風中，婉冰抱起明明，阿美也醒了！母女三人就在風雨裡往前移。靠近前艙有個地方，雖已住了許多人，但是在室內，可擋住無情風雨，阿雯還在睡，元波只好守著她。

婉冰母子掙扎移到目的地，全身早已濕淋淋低著頭就要往裡去；沒想到身前擋著三個女人，兇巴巴的橫著身，室內滿是人，許多是「原住民」，了無睡意的睜著眼，卻還是較外邊舒服的平臥著。

「請讓一讓，給我子女進去躲躲風雨。」婉冰低聲下氣的求著面前擋路的女人。

「妳瞎了，內邊全滿了！」潑辣辣的聲浪掩過了雨聲。另兩個女人雙手叉腰，把進門之空間全擋住了。

「我不是進去住，避一避外邊風雨，孩子很小，全身都淋濕了，求求妳吧！」

「不行，不行，這是我們姐妹睡的地方，誰都不能佔，走走！」

「做做好心，雨一停我們立刻走，不是佔妳們的地方呀！」

「沒地方了，走吧！」三個女人齊心合力的擋著入門處。室裡的人完全無動於衷的看著她們爭執，事不關已，又慶幸自已可以免去風雨襲擊，其他的真是你死你的事了。婉冰氣到手腳冰冷，很想破口大罵眼前這班冷血動物；由於平素的教養卻又不能罵出聲，唯有憤恨的在雨中抱著明明拉著阿美移回去。

「怎麼又回來了？」元波接過兒子，不解的問太太。

「別提啦！那班自私鬼，心腸也太硬了。」

「阿美，怎麼回事？」

「爸爸！那些人不肯給我們進去避雨。」

「黃生！你拿去用。」符伯這時遞過一把黑傘。

「你呢？不、你拿回去吧！」元波推辭著。

「我淋淋雨沒關係，你兒子還小，別客氣了。」

「多謝符伯啦！」婉冰愛兒心切，老實不客氣的把傘接過，讓阿雯、明明蹲在傘下，自己夫婦與大女兒在傘外和船上的人一起接受風雨的洗禮。

7

微曦初露，南極星不知何時衝出雨網，駛進萬道金光閃耀的海面，黑夜終於過去了。

領用飲用水的時間一到，排隊等候的人龍已經很長，阿美也擠進隊伍裡和別人乖乖的靜候。在兩個廁所前擠迫的大部份是女性，為了爭先，三姑六婆就展開了唇槍舌劍由罵戰到「六國大封相」，扯頭髮到拉衣裙的混戰上演。為了解決「忍無可忍」的人生大事，元波找到小李，一起去貨艙裡取出八個空米袋，把麻包剪開，分別派人到船尾四個角落，用繩子把麻布掛起，四角恰恰都有個半圓的空洞，無論大小便皆可以直通至海裡。從此姐妹都相約到這四個臨時公廁，「公幹」時都要請人在外把守，免得男士誤入禁區。男人或男童們在月黑風高時，要小解都往船舷面海一站，水槍射擊海面，咚通之聲不絕於耳，比之女士們是更加方便爽快。也因此，男士們爭廁所事件就少於婦女群了。

船上炊煙處處，女人們都忙著煮食，單身男女也聚合成群，三五人一堆，向左鄰右里的主婦請教燒菜煮飯之法。黃元波走過廚房，看到十多人手持熱水瓶在輪候，大家認出他，自動讓開。他從來沒進過廚房，好奇心起，就敲敲鐵門，門上小窗拉開，如潑水的一串粗言穢語迎面潑出：

「水沒滾呀！你媽的××的敲個屁！」

啪的一聲，小窗門又關上了。元波轉頭問排隊的一個女人：「他是誰？為什麼這麼兇？」

「黃生，他是老李，這個人脾氣很大，我們每天來拿熱水沖奶，好像我們都欠了他的債。」

「喲！他大概工作太忙了，我們要用熱水，有事求他，只好忍忍算啦！」

「當然要忍啦！黃生，說多一句他就不分熱水了。」

「沒辦法，是不是？」元波苦笑著走開；迎面卻碰上小李，他上氣不接下氣的跑來，衝著元波說：「Mr. Wong！快來，請你立即下令封鎖洗澡房，太危險了。」

「什麼事？」

「裡邊積水兩吋高，水面全是汽油，快！」

元波大吃一驚，匆匆趕到靠近機房旁邊的洗澡房，他沿路見到王養，海盜張和坤培也一併招呼他們齊齊趕去。全來到現場，撲面一陣刺鼻的汽油味擴散在空氣裡，他立即把封鎖通道到洗澡間的任務交給坤培負責。

這時船長也聞訊趕至，指揮水手們和小李一起用小木杓把浮油和積水倒出窗外海裡，忙亂中在水槽邊發現了兩個汽油桶，小李問元波：

「是否有人要燒船？」

「不可能，放火者也一樣會被燒死啊！」

「Mr. Wong，無論如何你要查明真相，不能讓這種事再發生，太危險了。剛才如果有人抽煙進來洗澡，大家都會燒死啊！」比爾船長很生氣的講，聲音也提高了。

「我一定要查清楚，關係千多人的生命危險，絕不會就此算數。」元波心中也漲滿了怒氣，手心卻滲出了一把冷汗，好險的事啊！只要任何一個抽煙的人恰巧進去浴室，整船的生命就會在大海裡火葬了。這時，元波身後響起了一串粗暴的穢言：「他媽的臭××，我非殺了這些龜蛋不可。」

小李一手把那個說話的漢子拉過來，向元波介紹：「黃生！他就是老李。」

「喲！原來是你，剛才罵我的就是你啊！」元波打量他，眉梢佈滿皺紋，頭髮灰中帶白，體格壯碩，年齡約五十上下，倒看不出這個人脾氣會那麼壞，他一愕開口：

「你就是Mr. Wong，我沒罵過你啊！我現在去殺那些縱火的龜孫子。」老李一臉憤怒之色，不知內情還以為他家人已受害，他揚起手上的菜刀作勢劈下，元波說：

「老李，你回廚房工作，我和小李會去找那傢伙算帳。」

「我自己去找，不殺他也要推他下海，不能給這龜蛋和我們同船。」

「小李，收起他的刀，我們一起走。」

老李注視著眼前這位年輕人，高高瘦瘦，看不出是銅皮鐵骨身經百戰的江湖人物，他想不通船上那班好漢為何會怕了這個彷似書生的人？一接觸到他的黑眼睛，那份氣定神閒的自信令人他心折。老李終於微笑著讓小李接去手上的菜刀，三人離開浴室，海盜張把守走廊，元波順道邀請他同行。

走廊兩頭由坤培、王養以及海盜張的四個手下分別把守，阻止閒人進出，外邊的人並不知道剛才大家已經逃出鬼門關，可是，老李一出來，沿途張揚，鬧得群情洶湧，到處議論紛紛。好事者也加入了覓尋「犯法者」的工作，老李一人領先，看到年輕人就雙手一捉，在他身上嗅嗅，沒有汽油味的，他也不道歉，放手便走。

不多久、果然在二號艙裡逮住了兩個全身都充滿汽油濃濃烈烈的味道；老李火爆脾氣發作，不由分說的連串粗言穢語轟出口，也施展拳腳，兩個歪種的看到眾人來勢洶洶，自知理虧，竟跪下求饒。

元波喝住了老李，由海盜張雙手分捉兩人，把他們帶回洗澡房。

「黃生，他們是老蔡的手下。」海盜張認出他們的身份，趕快告訴元波。

「不說清楚就扔你們下海餵魚。」小李很少發脾氣，這時竟也忍不住粗暴的推著他們的後背。

「我們不是燒船呀！」一個大聲抗議。

另一個立即接口：「我們要拿兩個空桶裝水。」

「那個汽桶不是空的，為什麼把油倒在這裡？」

「我們不曉得是汽油，倒出後才知道；所以桶都不要了。」

「媽的，你這兩個自私鬼差點害死全船人。」老李揚起拳，小李把他的手拉下。「是誰叫你們這樣做？」元波想起海盜張的話，他追問眼前這兩個滿身油味的人。

「黃生，是我們自己貪心想偷個水桶，我們知錯了，請你原諒我們吧！」

「拿些破布抹乾這個浴室的油污，然後請小李帶你們去向船長道歉。」元波搖搖頭，就此原諒了他們無心之失。一場虛驚，總算沒事，真是幸運，他生氣後心裡也就平靜了。在如此擁擠不堪的空間裡，要保障一千二百多人的安全，確是壓力重大。

這時，有位年紀不小的阿婆竟給滾水燙傷了腳踝，整個人跌坐在廚房前呻吟；元波接到報告，趕到現場，請幾位旁觀者把她扶到船長室，元波按下擴音器的開關，用廣東話及越語向大家說：

「各位同胞，誰是醫生或者做過護士的請立即到船長室報到，有人受傷等著急救，請快來！謝謝！」

不久，一位年輕的越南人和一位五十多歲的北越人自動來報到，年老者是西貢陸軍醫院的阮醫生，年輕者是剛離校的醫科大學畢業生，名字叫阿龍。

元波把傷者交給醫生，也同時徵求到龍醫生的同意，答應每天到辦公室值班兩小時，為全船難民服務；阮醫生則聲明有重大個案他才出來幫忙治療。元波把這個消息通報，也把兩個醫生的住處位置說清楚，讓大家明白，在緊急時刻可以「登門」求醫。比爾船長為了「汽油事件」大發脾氣後，剛剛從發報機收到一則電文，讀後使他笑顏逐開。他興沖沖的把元波拉到一邊，用福建話悄悄說：

「黃先生，今夜我要回新加坡了，你要打電報給家人，我會幫你忙。」

「船長，你講笑嗎？我們今晚到新加坡啦！」

「當然不是，不過今晚公司派了一位船長來替我。」

「我不明白，我們在海上呀！」元波定定的注視他。

「是的，今晚會有一艘汽艇來找我們，會合後我就先乘汽艇回新加坡了，你記得把電報內容交給我。」

「我們要多久才能達到呢？」元波明白過來後，立即想及這一船難民的命運。

「不曉得。按行程大約三天後會到新加坡，但是新加坡政府是不會給難民船靠岸了。」

「那我們怎麼辦呢？」

「我也不知道，等新船長來後，你再和他研究吧！」

「小李回去嗎？」元波有點茫然，沒想到會在半途上更換船長。

「他不能走，會留下來的。」

「你為什麼要先回去呢？」元波想了解更多的內情。

「我不能忍受呀！公司派我去越南載貨，卻接載了你們這班難民，我全不知內情，真不曉得他們搞什麼鬼？我發電到公司通知他們，如不來接我，我會發瘋啦！」比爾又氣憤難當的把公司出賣他的始末講出來，元波到此時才真的明白這位船長確是給利用了。

「Mr. Wong，你是好人，我很多謝你的幫忙！」比爾伸出手，緊緊的和元波互握，然後他又匆匆的走進船長室整理行裝了。

8

晴空無雲，水天一色青藍，水平線浮現出的山色灰淡朦朧；一輪紅日經過整天照耀，已收斂了灼熱，紅著個圓臉滾進山背後。萬道金光把西邊的雲天照映得七彩繽紛，餘暉竟也那麼燦爛迫人。大家飯後欣賞了海上落日的美景，又準備在滿天星光下去尋好夢。

海盜張和他幾位以前打魚為生的兄弟，可以在茫茫夜空裡從星座位置而計算出很準確的方向；他們站在舷邊抽煙閒扯，沒多久，不約而同的都發現了一個奇怪現像。

海盜張立即率領這幾位弟兄去找總代表，元波仍沒睡，正在和符伯和王養閒聊，老遠望到他們一夥人，知道是找他來的，元波心裡納悶，猜不出又發生了什麼事？

「黃生！你還沒睡嗎？」海盜張人到聲到，客氣的招呼著。

「有什麼事？」元波站起身，單刀直入的問他。

「我們發現了船並沒有前進，來來回回的在繞大圈子。」

「是嗎？是怎麼發現的？」

「我們從星星的位置判定到船航走的方向，從東到西又轉回東的在海面繞圈子。」海盜張一邊說一邊指著天上的星座，要對元波解釋；對於從來沒在海上生活過的人，這門知識倒非一時三刻可以了解，元波忽注視到了那朦朧的山影在眼前，他說：

「老張！我們望著這座山也可以證明方向。」

「喲，是的、比較簡單的辦法。」海盜張和一夥人都朝遠山望去。

機器聲隆隆，百噸級的貨輪前進時也劃破了許多波浪，激盪出的海韻和機器聲響的錯覺，沒經驗的人是絕不會懷疑到船沒有前航的。隱隱星光裡，仍在眼前的山影已移到左邊了，不久後，山已在身後。再過不多時山從右方出現又面對眾人，元波終於相信了船在繞圈子，他忽然也想起比爾下午向他告辭的一番話來。

「那是事實了，公司派了新船長來替比爾先生，所以貨輪要在這裡繞圈子，他們大概已約好在這裡移交。」元波把真相告訴身旁的人：「你們不必大驚小怪，回去睡覺吧！」

「黃生，他們很神通啊！」海盜張意外的說。

「當然啦！不然怎麼敢和越共合作呢？」

「越共經濟破產，居然出口難民。」

「不，那是排華，陰謀的驅趕我們華人，收取黃金，沒收不動產，再將咱們通通趕下海。」元波的話說完，忽然在黑黝黝的海面上射來了燈光信號，閃爍了三次，不久後又再閃三次；掌舵的和機房操作的水手已經發現了，這時，一道強烈的光芒就從貨輪上反射去，也是三次就停止，海面又迎來一次燈光。兩邊的信號終於證實了是自己人後，貨輪不再打轉了，開足馬力，朝遠處的燈光衝去。微波輕揚的水面立即劃起了一道深深的痕跡，航速引起的顫動，驚醒了極大部份已經熟睡了的人們。大家交頭接耳，紛紛站近船舷，瞬時間兩邊空位就被擠滿了，千百隻眼睛都在黑暗的海面上搜索。

忽然間，貨輪減低了航速，全船的燈火齊明，把接近船身的海面照耀到一片亮麗。在這片光芒裡，大家也幾乎同時發現了遠處的一艘汽船，緩慢的向貨輪迫近，呼喝的聲音同時在汽艇傳來，貨輪上的水手們也把一串大家聽不懂的印尼話潑過去，汽艇上幾個印尼人都手持自動槍，在雙方對話後，汽艇也靠近在貨輪旁邊了。

印尼水手們嘰哩咕嚕的呼喝著忙進忙出，繩梯放下後，裝載黃金的行李箱在起重機的操作下，（持槍者神色緊張，越共收金放人輸出難民，也要用金片付船租，眾人猜測紛紜，一致相信沉重的旅行箱存放黃金。）一箱又一箱的安然落在汽艇上，總共是四箱，沒人知道有多少金片？汽艇上的人接收後很迅速的把行李箱扛進艇內。這時，繩梯上陸續爬上幾個人，其中一個是高大而粗獷的洋人。

汽艇在風浪裡搖搖晃動，比爾先生和爬上來的洋人寒喧一番後，就沿著繩梯由輪船往下退到了汽艇；他轉過身來向上揮手，水手們都向他揮手致意，汽艇擺舵轉動，開足馬達，在滾滾的浪花裡消失在黑暗的海面上。

貨輪的繩梯已收起，明亮的燈光熄滅了，剛才一幕，大家都彷彿置身於「００７龐德」的電影鏡頭裡，緊張刺激的旁觀了精彩的演出。在津津樂道中眾人又相繼回到棲身處，元波的睡意早消失，正和符伯談論這齣好戲，小李竟來找他，一見面便開口說：

「黃生，新船長請你去。」

元波回望太太和子女，他們都已睡著了，便匆匆和小李一起走。

「Mr. Wong，幸會！很高興可以和你合作，我叫李察（Richard），是芬蘭人，福建話會一點點。」新船長開門迎客，伸出厚實的大手掌，熱情的緊握元波。

「李察船長，幸會！」元波仰望他，濃眉大眼，鼻子挺直，一頭彎曲的金絲髮把雙耳掩蓋；右腕戴了條粗金鍊，左手掛著跳字的石英錶，說話聲音清脆、音量雄厚。在初次印象裡，感到這位船長無論在那方面看來都是勝過比爾先生，難怪船公司會把他調來替代比爾了。

「比爾在電報中提及你，小李也已向我做了報告。」李察倒了三杯酒，分遞給元波和小李，再說：「你是了不起的人，來、乾杯！」

喝過酒，李察又開口：「黃生，我的水手們有沒有對你的人不禮貌，假如有的話千萬要告訴我。」

「沒有，李察船長，他們表現得很好。我們的同胞是烏合之眾，我雖然是他們的代表，但他們未必聽我。如果有人胡鬧，不守規矩，也請你多多原諒。」元波忽然有份莫明的情緒湧現，覺得不能在這個洋人面前示弱。

小李這時也插口：「我們三個人能溝通合作，什麼都好辦。」

李察打個哈哈說：「對，我代表船公司，小李代表租船的鄭先生，黃先生代表難民，我們三方面都希望平安完成任務。」

「嘿！小李、你原來不是船公司的人？」元波直到如今始知道小李的身份，有點意料不到的愕然。

「不是，老李和我都是老鄭的人。」

「誰是老鄭？」

「他就是我的老闆，搞生意的；越共原本要他簽訂出口合同，他不肯，這些買賣誰也沒把握。」

「什麼出口合同？」元波呷了一口酒，好奇的問。

「你不知道！」小李反有些不信的盯著元波，元波搖搖頭，他才接下去：「出口難民啊！」

「那麼真有其事了。」

「當然啦！不然我們的貨輪怎麼敢到越共海域接人呢？」

「Mr. Wong，你有什麼問題要向我報告嗎？」李察打斷了兩人的交談。

「有。糧食只足夠兩天左右的用量，飲用水也不多了。」

「呀！這請放心，最快明晚接濟船會把我們要的食品全帶來。」

「誰接濟的呢？」

「聯合國難民高委會，我們船公司已經向他們發出了緊急求援了。」李察放下酒杯，拿出香煙分派。

「那就太好了。船長！我們什麼時候到岸呢？」

「三天，我們會在深夜登陸馬來西亞的比東島。」

「你已經有計劃了？」元波掩不住心底的興奮，三天後著陸的消息由新船長告知他，一登岸、逃亡的過程就結束，全家人等於再生了，如何能不喜呢？

「是的，有什麼改變時，我會和你們兩人討論。ＯＫ！」

「船長，明晚的接濟品我提議完全交由黃先生處理，你看好嗎？」小李站起時又開口說。

「非常好，是他們的，自然要請黃先生負責啦！」

「晚安，船長！」

「晚安。黃先生！」

9

接濟船出現的時候比預定的時間更早，元波有點手足無措。兩千多噸的運輸貨輪和南極星號就在海上的風浪裡相遇。大批印尼水手們揚著手上的香煙，以十美元十包的價格叫售；這邊的煙客們人頭竄動，爭相的把手上的錢遞過去，一手收煙一手交款。不買煙的人們也爭著靠近船舷湊熱鬧，沸沸騰騰的聲響形成了個海上市集。有人手執不穩，把到手的煙滑落海裡，也有把拿在指尖的美元給風吹走，更有的是拿了假美鈔騙煙到手，被對方發現後在船上呱呱大罵。人頭湧動，又隔著咫尺海面，根本無從追究，除了潑罵出氣外，水手只好自認倒楣。

吵吵鬧鬧的持續了半小時，這個特異的水上市集就結束了。水手們首先把飲用水輸送到南極星的水庫。

元波緊急招集全體組長，臨時向海盜張和老蔡徵用了他們的十多位弟兄，先解散靠近船舷的群眾，然後由阿德領了十二人跨過接濟船，開始了搬運糧食的作業。

這邊元波配合了組長們，移動了十多個家庭的棲身地，使艙板上空出一塊可存放食品的地方。

由小李指揮，一箱箱的乾糧接過來，南極星輪上的工作隊，把貨物分門別類的堆疊，元波和阿輝、偉堂以及阿志四人負責點算。從午後三時左右開始的接收工作，一直到太陽隱沒後的黃昏降臨才完成。元波在李察船長以及眾目睽睽下提筆簽收，接濟船完成了任務後在大家揮手致意中，開足馬力的航向茫茫海洋的另一個方向。

舺板上堆積如山的糧食，像興奮劑的刺激了全船難民的精神；人人堆起笑臉，婦女們更出動了慰勞隊，把茶水和餅乾，紛紛送到工作地點。接收任務完成後，協助搬運的弟兄們全坐在糧食堆前休息，等大家草草吃過餅乾後，元波向他們說：

「各位：今晚縱然不睡，我們也把要把這堆東西分配清楚。免得要派人防守。同時，起大風浪，會吹濕弄壞，也可能被掃落大海，我們不能負這個責任。」

在場的工作隊和組長皆舉手歡呼，於是元波拿出了三十九組的名單，用總人數平均計算，得出了每人應配之數量後再乘以各組的人口。這時，老蔡的幾位兄弟把些餅乾、牛奶移出了部份到元波的身後，他剛剛算好了配量，愕然的問身邊的一位年輕人：「你們做什麼？」

「黃生，留下來我們私分啊！」

「為什麼要這樣做？」

「你沒給工錢啊！難道我們為你白做嗎？」

「你們不是為我做，是給全船的父老兄弟服務；做眾人事，就要有犧牲精神，也要大公無私。」

元波忽然被一股莫名的怒氣侵襲，拿起手上的麥克風，不自覺的提高了聲浪說：「我在此聲明，來此幫忙的兄弟姐妹全是義務性的，誰不願意負擔這種工作，現在請自動離場。」

靜默了幾分鐘，竟沒有人離開，包括那幾位存私心的年輕人，帶頭者紅著臉向元波說：「黃生，對不起啊！我們以為你和蔡大哥一樣；我叫阿權，請你原諒我。」話說完他原先的靦腆也消失了。

「好……阿權，我不是你的什麼大哥，是大家推舉出來的代表，你肯幫忙，我很多謝。當你明白我們所做的不是為自己，你到時自不會怪我私下沒有給你們任何酬勞。好、把東西搬回去，我們開工啦！」元波展著微笑，拍拍他的肩膀，指著那堆貨物，阿權回報一個笑容，轉身歸隊。

即食麵總共有七個不同商標，大家決定拿到什麼就要什麼，誰也不能選擇，這可避免爭執又能節省時間。元波負責叫組長上來代表各組領取配糧，偉堂和阿輝則把每組應得之數量通知搬運的弟兄。盈盈和阿德及阿志三人做移交前的檢查，核對配糧和人口應得之數沒錯，才正式由組長接收。每組都由組長挑選了些年輕力壯者搬運，回到各自的地盤後，組長再按人數平均，把每人應得的食品分發給大家。

川流不息的人，擁來擠去，全船一片繁忙，忙著分派，忙著接收，隨著時間的流逝，原本狹窄的居住空間都給即食麵、康元餅乾、牛奶、沙丁魚、橙水等食品佔據了更多位置，走廊通道比前更加寸步離行了。

天將破曉時，終於把全部糧食分派完畢，其中幾箱西藥移交給兩位醫生保管，另外三張大帆布交給船長收存。

收隊時工作組全都到船長室外集合，李察船長笑吟吟的拿出五條美國香煙（每條十包），交由小李分贈給眾人。每人都分到兩包煙，和船長遞來的一杯熱騰騰的黑咖啡。

盈盈走近元波身邊，趁各人沒注意時，她把手上的兩包香煙塞進元波手上，低首說：「黃生，給你！我不抽煙！」

「給你家人啊！」元波推回去。

「我單身一人出來的。」

「謝謝你啦！我就不客氣了。」元波笑著把煙放進衣袋，大家輕鬆的聊了一陣子，就各自回去休息了。

「Mr. Wong，Well Done！」船長拍拍元波的肩膀，手上遞過兩條三五牌的英國香煙說：「送給你。」

「不，船長，我不要，我已多了兩包呢！」

「我知道，小姐送你，你要；我送的說不要，為什麼呢？」

「那不同呀！我收下這二十包煙，就會有許多閒言閒語了。」

「你應得的禮物，怕什麼別人亂講。」

「謝謝啦！還是存放在你處，我沒煙時再向你討，行了吧！」

「OK！OK！我真不明白你們中國人。」

元波別過船長，返身出門，不意門外圍著一堆人，他們等到元波出來，立即問他：「黃生，我們都在那條接濟船搬貨，我們……」

「喲！剛才你們沒領到香煙？」元波倏然明白了。

「沒有呀！我們沒跟著你來嘛！」

元波算算，共是十二人，他記起這班人是最先由阿德帶過接濟船去的；於是他再推門而進，苦笑著面向船長說：「我還是要回那二十包煙！」

「哈哈！想通了，嗨！接住了！」船長把煙當作迴旋鏢般的扔去。

「謝謝。」元波接過，返身出去，就站在門外派發，每人兩包，結果連自已袋裡的四包煙也分贈了。拿到煙的人歡天喜地的離去，當煙派完後，圍著的人仍然擠著，那是風聞有香煙可領，不明真相的人也包括了部份組長。

「對不起，那些煙是船長慰勞昨晚協助搬運的義工們，不是人人有份呀！」元波攤開雙手解釋。

「我們做組長也忙了整晚呀！」

「我和組長都一樣，一包也沒有。算啦！我總不能對船長講價還價的討香煙。」他說完步下梯級揮揮手，大家沒趣的就散了。

10

地球以一千六百公里的時速把太陽趕到另一邊以後，夜就無聲無息的，像貓爪那麼輕盈地爬著上來了。

還有炊煙，升起一些希望，溫溫暖暖。爐火的光，燃燒著一堆堆的匆忙。聲浪起落，把幾種不同方言的音波送進晚風裡繚繞，一個黃昏就如斯的跌進水平線裡。

那夜，所有的夢都交給掌舵以後，水的聲音也靜止了。

天無片雲，水無波紋，皓皓銀光，從頭撒下，又由下照上，交相輝映。一船的憔容，仰望穹蒼，一船的禱告，訴予嫦娥。風過處、海天頓成一座聖殿，至大至公的把這艘貨船孤孤獨獨的包容著。

聲浪由遠而近，兩艘海關戰艇迫到貨船前，殘忍的不讓這批落難者飽嚐一夜月色。揚威的馬達激起浪花無數，水中月兒，左擺右搖的強自掙扎要再露面，終給水痕擊得破破碎碎。

貨輪在馬來西亞戰艇強迫下起航，至海天又成一線時，戰艇始回航；留下孤舟的馬達嗚嗚鳴響，問天問海，像要訴一訴這種人間的不平。

「黃生！船長找你。」小李的聲音，驚動了在沉思的元波，他悲哀的看著戰艦無情驅逐，去見李察，可以找到恰當的原因。於是他匆匆隨小李走。

「船長，怎麼回事！」元波的聲音含著怒氣。

「他們要一千兩黃金，你知道我來接任那晚，船上的黃金已由比爾帶走了。我沒辦法。」

李察搖搖頭，臉上寫著無奈的表情。

「那我們現在怎麼辦？」

「新加坡不能去，只好去印尼！」

「為什麼不能去新加坡？」元波不明白，新加坡是個好地方，又都說閩南語，假如可以登陸居留，倒易適應。

李察抽出香煙，遞給元波，自已也燃上一根，吸了一口，吐出煙圈後說：「我是在新加坡登記註冊，若帶了這一船難民登陸，就會被吊銷船長資格，甚至要坐牢呢！」

「到印尼要再走多久？」

「幾天吧？不過、我們對外宣佈這條船的目的地是直航澳洲！」

「為什麼？」元波瞪著李察，想不出他的鬼主意是什麼意思。

「這樣印尼海軍才不會日夜注意我們，不然到時又給逼出公海就很麻煩了。」

「聲東擊西，果然妙計。」元波幾乎和小李一起鼓掌。一陣急促的敲門聲響起，小李應門，進來的是阿輝，他向元波報告：

「黃生，有位孕婦肚子痛，他丈夫去請醫生，醫生不肯去，你說怎麼辦？」

「船長，我先走了。有消息再通知我！」元波轉身和阿輝匆匆趕去見阮醫生。

阮醫生用一口北越話向黃元波堅持所有病人都該來求醫，他是不「出診」的。元波按著怒氣，向他說：「醫生！你不能見死不救，那位陳太太快生產了，她肚痛呻吟哀號，怎麼還能行來呢？龍醫生已經去了，不過你知道他不是婦科，怕不夠經驗，你做做好心。」

「早說清楚啊，走吧！」阮醫生拿起儀器，要阿輝領路，趕去接生。

消息流傳得很快，全船每個角落都知道了陳太太行將臨盆了；大家的心情都變得好緊張，也有份說不出口的興奮。

現場人很多，元波和阿輝立即驅散了他們，指揮一班女士用手拿著毛巾膠布，圍起了臨時「產房」，只留下兩位醫生和產婦的丈夫在裡邊。撕裂人心的哀號自孕婦口中傳達，鞭打著每個人的神經。元波悄悄走近船舷處，他不忍再聽。生命的光臨，竟然要令做母親的受盡折磨。元波忽然有股衝動，幻想著把這片恐怖的呻吟錄音收起，將來如遇到不孝娘親，叛逆慈母的禽獸，拿來播放給他們聽，使逆子知道當年他的母親是如何受苦受難、用血淚痛楚而使他降生。

正當他胡思亂想時，靜夜中一串清亮的「哇哇」啼聲，在連綿響起的掌聲和歡呼裡，宣告了一個生命奇蹟般的成為「南極星」輪上的「貴賓」。這個嬰兒無從選擇的出生在滿天星光下的貨輪甲板上，而且一降生就成為難民，一無所知的接受命運的擺布。可是，他的哭聲卻奇妙的向一般苦難人們宣示了生命的光輝和莊嚴，大家的掌聲也表達了對這喜訊的分享。畢竟，在苦難行程還沒完結前，新生命降臨所象徵的希望，深深引起共鳴就理所當然了。

11

收音機的新聞廣播報導了「南極星」號朝向澳洲達爾文港前進的消息，被大家收聽到後，眾人奔走相告，全船洋溢著一片歡樂。

元波剛剛躺下來，婉冰寒起臉，悄聲的說：

「你忙夠了嗎？」

「……」左右都是人，元波不敢開口，只用眼睛瞧著又黑又瘦的太太，十天海上生活，向來膚色紅潤的婉冰竟也飽嚐風霜。

「家在你心中還有多少比重呢？」婉冰指指躺在身邊的阿雯和明明，這些天來她要做飯又要分心照顧孩子，明明發燒也得排隊等醫生治療；丈夫卻走到沒個影子，一天到晚難得會面。明知他做代表忙，可心裡想起他對家庭如此淡漠就生氣了。

「你做什麼呢？我忙嘛！」

「總不能忙到連家也不要了。」

「別傻啦！我哪裡會呢！」他伸手輕輕拉起她的手，婉冰掙扎著抽出來，語氣依然憤憤不平：

「不會，你天天幫人作嫁衣裳，燒飯的炭完了，阿雯去討，沒有人會給你女兒一塊半塊；

別的男人都在為太太領水拿炭，燒火煮飯，人家吃飯我們吃即食麵。你這個總代表做下去，我們母子會先餓死呢！」

「騎上虎背啦！妳忍耐點吧，我又不是想出風頭的人，過幾天上岸後我就天天陪妳。」元波側著身，也悄悄的在太太耳邊說。

「炭完了，怎麼辦？」

「明天再設法吧！」

「黃生！我們是不是真的去澳洲？」符伯發現元波還沒睡，他忍不住要證實從電台廣播收聽到新聞。

「不是。」

「收音機為什麼會那樣報導呢？」符伯緊張的坐直肥胖的身軀。

「是船長故意發佈去澳洲的消息。」

「為什麼不去澳洲呢？」

元波也挺起身，曲腿而坐、面向符伯說：

「符伯，你以為澳洲很近嗎？飲用水、糧食、燃料都沒法維持到澳洲啊！況且縱然可以到達，澳洲會不會給我們上岸呢？」

「唉！我們要怎麼辦。」

「去印尼。」

婉冰入神的傾聽，忽然插口問：「為什麼不去新加坡呢？」

「船長不肯。」

這時天空閃過一道流星，元波瞧到太太定神凝望，就打趣的說：「妳許願了沒有？」

「許了，不過我也不知道是不是會靈驗的。」

「是什麼？能告訴我嗎？」

婉冰挪動身體，倚近丈夫，在他耳邊悄悄講：「我許的願是我們永遠在一起。」

「那當然會靈驗啊！」元波拍拍胸口，笑嘻嘻的作保証，彷彿是江湖好漢的作風，一言九鼎的永不更改。話剛說完，小李卻恰恰出現，他半蹲下的對元波說：

「黃生，李察船長要見你。」

「現在嗎？」

小李點點頭，一伸手把元波順勢拉起身。

婉冰望著他微笑的說：

「阿波，我早就說不靈驗呢！」

「不算，我們都在一條船上呀！」元波回眸展顏，對太太眨著眼睛，就和小李一道走。

李察船長呀呀大笑的迎接他們，並親自把門扣上，送煙遞酒，那份熱情和客氣，恍如來客是頂頭上司或者是衣食父母，倒令元波深感不安，心裡胡亂猜測，卻找不到正確答案。

船長忙過後，又恢復了做船長應有的風度面對元波，放鬆了臉部硬硬的肌肉，盡量在五官上展現笑意才開口：

「Mr. Wong，我深夜請你來此是要告訴你，剛才難民高委代表卡炳得先生來電報指示我們，無論如何這幾天務必登陸；因為在船上一天或者一百天，你們都不算是難民。」李察喝了一口啤酒，眼睛看著元波，繼續講：「我也同時收到公司電文，讓你們登陸後，我和水手團任務完成，就要返航新加坡。因為我們留下，印尼當局必定扣留我們，還要沒收貨輪。」船長又停下，靜靜的望著空空洞洞，就像並沒有瞧到任何焦點，只是為了望一下聽話之人的神色，那麼不著痕跡的又啟口：

「為了我們的安全，我請求你合作；小李老李和你一家人當然是和我們一道走，新加坡的難民中心是全東南亞最好的一個營地，你的子女還小，可免去許多危險。」

元波給這番話嚇住了，心裡慌亂，一時不知所措。原來船長想收買他，如果點頭應允，幾天後就可平安到達新加坡，而這一船千多位男女老幼會被棄在印尼，也等於他出賣了全船的同胞；假若拒絕，面前這位洋人看來是老謀深算，已經有了應變的方法。

「船長，我們要在什麼地方登陸？」元波收拾起凌亂的思緒，回到現實來。他沒有選擇，命運卻把他推到了一個懸崖上，一不小心就會粉身碎骨，他有點提心吊膽的卻強壓著不讓這種神色外洩。

「到印尼。任何可以登陸的地方，細節我們明天再談，你有什麼高見都不妨提出。」元波小心的提出疑問，語氣平淡，把深心裡的驚奇壓住，就像平常的交談。

「為什麼要讓我知道你的計劃？」

「因為你為公司做了許多事。同時，這個行動若不先通知你，得到你充份合作，我們怕到時有麻煩，公司不想出錯，明白嗎？」

「我不是為你公司做事，是為我的同胞服務。」元波澄清他的話，這些日子，他從來沒想到在為任何人做事；挺身而出，做些合情合理的事，都是那麼自自然然。

李察展開一抹淺淺的笑意，親切的說：「怎樣說都一樣，對不對?自從你出來領導，事情都很順利。」

「你要我怎樣合作？」元波試探的問。

「這是不能洩露的機密，到時由你下令棄船，等大家完成登陸，我們再把船開走。」船長把聲音放低，笑意隱沒後，神色認真而執著。

「李察船長，你怎麼肯定我會合作呢？」元波浮上一個輕鬆的微笑，彷彿心情愉快而流露於外部那麼不著痕跡。果然、李察哈哈而笑的回答：

「逃生就是要平安到達自由國家啊！你又不傻，這麼好機會，你怎會放過，是不是？」

「是的，船長。」元波頷首，看來開開心心。

李察又泛上一臉的笑意面向小李：「你有什麼意見？」

「老李和我的任務是幫助難民登陸，證明全部離船後，我們的任務也完了，沒有其他的意見了。」

「好，我們就一言為定，明天再談談登陸地點。」李察舉杯，高興的一飲而盡，元波和小李也乾杯，才一起向船長告辭。

踏出船長室，元波急急的問小李：

「你知不知道會在什麼地方登陸？」

「印尼的島嶼很多，確定地點不知道；如果為了避開海軍的阻擋，很可能會登上荒島。」

「荒島不行啊！」元波脫口而出，聲音裡有點慌張。

「為什麼？」小李側過頭來，望一望元波。

「沒有水源、糧食，一千多人會餓死的啊！」

「現在言之過早，明天再和他談談。」小李已走近了房間，就和元波分手。

元波行回住處，輾轉難眠，腦裡思潮起伏。對於先到新加坡的誘惑一閃而逝，背叛千多人的行為會在良心上承擔一世，如何也不會去做。他輕輕的推醒了婉冰，把她帶到船舷，悄悄的把整個機密轉告她。

「你剛才為什麼不反對？」婉冰掙脫丈夫的手，有點生氣的質問丈夫。

「不能正面和他衝突，等明天清楚了登陸地點才想辦法。」他又伸手抓起太太的手掌，緊緊的握著說道：「如果是難民營，我們全體登岸，給他們把船開走；是荒島，他們也要全留下來。」

「你已經有了辦法？」

「是的，我會很小心處理這件事。」

「唉！早知不做代表，就可免去許多麻煩。」婉冰望著星光閃爍的夜空，想及丈夫拋下一家大小不理，明知那是好事，但作為女人，家是她世界裡的重心，丈夫遠離了她的重心，縱不惹上是非，也已心中不快了，她的怨言也就幽幽的吐出來。

「命運怎能操在別人手上呢？妳忘了我們五口才分到一盒沙丁魚，現在不是大家都同舟共濟嗎？」

「他們可沒有感謝你呢！」

「不必他們多謝呀！妳能諒解是我最安心的事。」

「哼！你心中還有我？」

元波伸手一拉，婉冰冷不防的就跌進他的懷裡，在繁星凝視下，他瞄到左右無人，大膽的吻著她；她羞到拚命掙扎，臉頰熱辣辣，終於把手一推，躲了開去。元波一蕩，心中撩起漣漪無邊無涯的擴散，丹田一股熱氣，竟快速的奔流，逃亡以來，還是第一次激起了這惱人的念頭。

風呼呼的刮來，群星相繼隱沒在四面八方攏合的烏雲堆裡。夜！原來已經很深了。

12

經歷午夜的一場暴風雨，曙色初現，映照一船的狼藉。最奇怪的是向來吵雜的引擎隆隆聲響竟已靜止，機房裡一片混亂，維修機器的工程師都已趕到機房。

大家垂頭喪氣，全身的勁力都似乎在昨晚嘔吐盡了。驚魂甫定，相對時連話也不願多講，沉默就像流行起來的傳染病，彼此相互展現一個苦笑，已經足夠表達了同病相憐。

幾位面海小解的男士們，在無所事事的時刻裡，不忘遠眺放晴後的海天；幾乎不約而同的一齊高呼：「鯊魚，鯊魚啊！」隨著喊聲眾人一擁而上，早先那份暮氣彷彿被海風吹走了。在單調的航程中，孤寂的生活只要有什麼芝麻綠豆大的事出現，那種吸引就很轟動，興奮會沒來由的湧現並散擴，藉此打發海洋上的苦悶日子。

元波夫妻也擠到人堆裡向外望，青藍的水面果然看到整群大小不一的白鯊魚，以悠然自得優雅的姿態游向前去，在無波無浪的海面掀起千萬顆珍珠似的水花。本來是很動人的一幅圖畫，居然沒有讚美的聲音，遠方浮動的水上，映進眼瞳裡的，還有很多破碎的木板、雜物在飄流，全部眼睛差不多全移到那邊去了，大家心裡明白，鯊魚群尋到了一份豐盛的早餐。果然、有一塊用越文寫上「Vung-Tau 23」（頭頓二十三）的木板朝上浮著，無言的向眾人證實，昨夜大海上經已吞噬了那一船逃亡者的生命。

破桶、膠鞋、木塊、斷板、繩索紛紛映入眼底，逐一展示，猶如告訴人們曾經完整的存在過。人亡物毀，怒海張開巨口，絕不容情的吞噬風雨送來的屬於生命或者非生命的事事物物。浮於水面的還有些油漬，殘缺的衣服破布，「南極星貨輪」航近出事附近，流動的水早已把零星存留海上的痕跡，漸漸抹去。就像人狼吞虎嚥後用紙巾往嘴唇邊擦拭，再小心也無從發現吞噬的記號了。

空氣裡悽悽清清，飲泣的婦女們把一份共有的傷悲透過冷風擴散，沉重的搥擊著大家的心靈。

元波雙手合十，向這片早已無風無浪的藍海致哀，祈祝那船遇難的不幸者早登極樂，極目西望、樂土彷彿就隱在彩雲堆後。

婉冰噙著淚，沉痛的說：「阿波，自由的代價要那麼高嗎？」

「是的，不自由，毋寧死。」

「如果我們不遇到大船，說不定也已經……」婉冰哽咽著，接下去不吉祥的話也講不出口，拿出手巾拭淚。

「走這條路的人都是拿生命作賭注；賭輸了只好認命，別胡思亂想了。」元波安慰著太太，心裡也沉沉重重，要如此認命，心怎能甘呢？

在一片哀傷的寂靜中，忽然，隆隆的機器聲又怒吼了。大家興奮的拍手歡呼，把「頭頓號」遇難沒頂的愁緒拋開。活著的人，就像浮著的船，一定要航行。旅程，其實就是人生。

李察船長召集了代表們在駕駛室裡開會，來的人很多，阮醫生也出席，由阿志當翻譯；老李和小李身旁均倚著個女孩子，逃難而不想吃苦的單身女性最方便的就是用天生本錢換取舒適，完全無視於人們的眼光。這種選擇自己生活方式的自由，元波不以為怪，反而想不通世人為什麼硬要把自以為是的觀點強加給別人？只要出乎自願而又不妨害他人的行為，本來就無可厚非啊！元波向他們招招手，回過頭、才發現自己身邊站著的是盈盈，她是工作隊的人員所以也來參加。

李察船長指著一幅航空路線圖，以英語發言，阿志再用廣東話譯出，圍著的人專心的聆聽他說：

「各位：印尼海軍已經在追蹤我們，我們登陸難民營的島嶼是不會成功。高委會的指示，要我們必須盡快登陸；我向公司發電報後，已經命令我立即決定。現在，再過一天我們的船會到達平芝寶島，不管有沒有人，就以該島為目標了。」

「請問船長，這個島嶼是屬於那一國家的？」阿輝用英文發問。

「是印尼的領土。」

「如沒人居住，我們怎樣生存呢？」坤培憂心忡忡地把眾人心底的疑慮提出。

船長溫和而自信的說：「登岸後、難民專署的委員會就會負責大家的安全。」

偉堂把近視鏡用手托正後，望向元波說：「請黃先生談談登陸的看法。」

「我們當然要登陸。高委會的卡賓得先生是對的，他說我們仍留在船上就不能算難民，一定要在逃離原居國後，著陸於任何國家的土地上，『聯合國難民高委會』才會負起處理難民的責任。」元波講後示意阿志，要他再轉達給李察船長，船長聽後，浮上了一抹勝利的微笑，首先鼓掌，並向元波頷首，然後說：

「明天到達後，先派人上岸視察，決定可以生存，就立即行動。不然，印尼海軍發現趕來，我們就很麻煩了；如沒有意見，各位組長留下和黃先生討論登陸的方法。」船長收起航海圖，和小李老李一起離開。

元波注視著眾人，嚴肅的說：「各位：可以著陸，大家都算平安到達了；希望彼此守望相助，千萬別爭先恐後。孩子、老人和婦女們優先，年輕者盡量幫忙拖拉扶持，大家耐心合作，完成登岸的任務。」

「黃生，為什麼我們不去難民營？」坤培對於到荒島的看法總有一份不安。

「馬來西亞的水警要一千兩金子才給靠岸，到印尼，他們也會開口，沒有呈上黃金，只好又被迫出公海。在海上飄流，燃料飲用水缺乏，還要冒風浪之險呢！」元波公開了秘密，眾人嘩然。

阿志也開口：「船長的方法，還是比較可行，我們總不能永遠在海上生活啊！」

「無可選擇，大家回去通知各人，讓父老們有個心理準備吧。」元波宣佈散會，組長們魚貫離去，他叫住阿志、阿輝、坤培和盈盈，又指著阿輝說：「你去找海盜張，請他一個人到船頂天台，你和他一起來。」

阿輝沒多問轉身匆匆去了；元波就領著三人先上天台，天台在駕駛室上邊四週有鐵欄圍繞，一到上面，海風特別強，站立的地方是全船最高點，視線也自然廣闊。沒有閒雜人等，是個很理想的說話地方。

坤培拿出煙，火柴劃了幾根都燃不上，索性又把煙枝放回煙包裡，他聳聳肩，笑著開口：「黃生，你怎麼知道有這個地方？」

「喲！小李帶我全船繞了一次，除了他們放黃金的秘櫥不知外，什麼角落都看過。」

盈盈沉默的望著海景，然後向著他們說：「下邊大家擠迫得要死，這兒竟沒人佔住？」

「小姐啊！妳敢住嗎？日夜都是那麼大的風。」阿志笑起來，靦靦腆腆的，盈盈被他一講，本就臉紅，一看到他的神色，反而不覺笑了。

「黃生！」海盜張踏上天台，聲音便傳來了，阿輝跟在他身後也出現了。

「我請你們幾位來這兒，是有件大事要對你們講，大家務必嚴守秘密。」元波等阿輝和海盜張都蹲下，語氣嚴肅的說下去：「我們登陸後，船長和水手團就要把空船開回新加坡，李察收買我，連同我一家也和他們撤走。」他停口，瞄了眼前幾位合作的難友，他們被這番意外的話震撼住，誰也沒打岔，元波繼續講：

「我假意應充了，但是絕不能做出這種出賣大家的事。我比你們更吃驚，到荒島後如果貨船開走了，等於中斷了對外連絡，飲用水也在船艙水庫裡，我請老張來，希望你能幫忙。」

海盜張的獅子鼻抽動，大嘴一開，唇上的黑鬍髭好像要往下跌落似的誇張著，他拍拍胸膛說：

「行，黃生叫我做什麼都行。媽的！這個衰鬼佬膽敢害我們，等我把他推下海。」

說完，他豪爽的伸出手，元波一愣，才驟然想及也把手遞出和他熱熱烈烈的互握著。這種江湖中人的作風，他可從沒經驗過，但在緊緊有力的被海盜張握著手掌，傳來的熱流，彷彿是一種至高無上的信譽保證；只要這麼一握，也就生死無悔，蹈湯赴火在所不辭了。

「我不能置大家的生死不顧，為了個人安全也不想公開得罪李察，我已想到一個辦法。登陸時、坤培指揮眾人離船，餘三百人左右就停止，預先安排一些兄弟反對上岸。」元波打住，瞧向海盜張說：

「老張到時帶著人手衝進機房，佔領駕駛室，水手們部份有手槍，所以行動要快，不必動武的以多吃少。阿志和盈盈，守著發報機，負責接收電報，把登陸地點告知難民高委會。阿輝等行動一開始，即刻通知組長們配合，最後關頭我再出面，大家有什麼意見？」元波把整個策略講出後，人也輕鬆了，緊鎖的眉梢舒展，含蓄的注視他們。眼光和盈盈相遇，她心裡一跳，沒來由的浮起紅暈，低下首，趕緊找一個問題，藉著發問以平息莫名的漣漪。她說：

「為什麼不先告訴組長們呢？」

「他們知道，到時誰也不肯登陸，也不是辦法；我們一定要登岸，同時保留飲用水、糧食及發報機，等於扣下船長及水手團和這艘貨輪，老張有沒有問題？」

海盜張已知道責任重大，事關整船人安危，他想了想才說：「到達登陸地點黃生預先派人通知，我才留下全體弟兄照著你的指示去做，包在我身上，行的！」他一拍胸脯，豪氣干雲的彷彿這一拍的動作就已成功似的給人無限信心。

「很好，不要傷害水手，大家隨機應變，最後切記一定要嚴守秘密。」元波的心頭石終於放下了，開心的說。

坤培小心的問：「黃生！船長會不會懷疑是你呢？」

「培哥可以扮演領導叛變的人之一，和我爭吵，船長到時就不會猜到是我，計劃成功後，也就不怕他知啦！」

「我吵架很認真的，你別怪呀！」坤培目光炯炯地瞧著元波，單單這個眼神已夠認真了。

元波說：「假戲真做，看看誰兇。」

幾個人在怒吼的冷風裡紙上談兵，聊了好一陣了，才分批離開。盈盈扶著欄杆，向著海天，望進眼瞳的卻不是那片無邊的湛藍，浮在眼前的竟全是黃元波的影子。她這些日子往往心不由己的有種去接近他的衝動，好沒來由的一種意識居然滋長。每次真的相見，心總會加速跳動，就像他是無形的磁場，一出現那道電源就傳來，避不了躲不開。自已癡癡迷迷，只要能聽到他的聲音，甜膩膩的感覺便升起，血液也特快的流暢無阻，那道磁電迫近來到了她身邊。元波說：

「盈盈！妳在想什麼？」

「想明天登岸的事件，也在想家。」她不敢望他，靦靦腆腆的不能說出正在想他的心事。臉上卻飛紅著，冷風裡也有熱熱的暖流。

「只有妳一人逃出來嗎？」元波隨口發問，對於面前這位女孩子五官上的變化茫然無覺察，更加不能體會自己已成為對方的磁場，把她思想感情不保留的牢牢吸住。

盈盈沒回答，點點頭。元波望著她的側影，一個孤身女子膽敢投身怒海，實在是了不起。他不禁說：

「妳很勇敢啊！」

「你別笑我了，黃生。你才勇敢呢！」

「我被迫上梁山，秀才造反，心裡怕到要死呢！」

「不像啊！你機智聰明，又會用人，我很佩服你。」

「多謝讚美，其實，妳也很出色。」心裡受用時，元波忽然覺得她很可愛。

「我們互相恭維嗎？」盈盈掠掠髮絲，轉過臉、膽大而放肆的正視他。

元波迎著她那對幽深的眼睛，似乎讀到了她靈魂裡的感情，一個外表平凡的女孩，那雙盈滿了豐富情意的眼珠子像磁石似的吮住了身前另一對眼瞳。四目交投，只是一剎那，彼此心湖卻彷彿被一股莫名的力量推動起陣陣漣漪，在海風吹拂下，久久無法平靜。

她臉上泛起一片紅潮，展開個微笑，話也不說的轉身離去，留下元波一人對著大海發呆。

13

李察高高興興的回到船長室，他拿出兩罐啤酒，遞一罐給小李，笑著說：

「老黃也沒什麼特別，他還是和所有人一樣，誰不先想到自己呢！是嗎？看起來倒很順利，小李、我要你負責一件重要的事。」

小李呷了一口啤酒，望著李察說：「你說吧！」

「你知道，我們是絕不能載任何難民回新加坡的，等他們都下了船，開到離島幾百碼時，請你和大副用救艇把Mr. Wong一家送上島去，由他去做代表吧！」

「船長，為什麼要騙他呢？」

「唉！我沒法子啊！他如不合作我們很麻煩，對不對？難民都很服從他，你明白，我們不能出錯啊！」

「這樣回去他會被他們殺死的啊！」

「不，不會的，他不回去，將來無論他到了那兒，他的麻煩會更大。」

「這樣說來你對他頂好的呢？」小李瞪著李察，他心裡有股講不出的氣，這些日子和元波相處，他兩人已經成了好朋友；忽然間知悉了船長的陰謀，叫他躊躇難安，又不能去通知元波，自己也參與了出賣朋友的勾當，是做夢也想不到的事啊！

「他出賣了一船的人，我再出賣他，還算公道吧？」小李悶悶地想著，把酒渴光，走出船長室。他有點害怕再碰到元波，總覺得如此對待一位朋友是問心有愧。他和元波一見如故，又合作無間，原本以為一起回到新加坡，到時還可以當他的嚮導，在生活上幫忙他；而原來卻是一個騙他合作的計劃，他想不通黃元波為什麼會出賣全船的難友而答應和船長一起先走？

對他的這種行為，小李深深的失望，竟找出一個安慰的藉口，是這麼一個人，被騙也活該啦！無聊的徘徊，不覺行至通向天台的木梯，也就沿級而上，到了天台，才猝然發現元波扶著欄杆向他微笑，小李硬著頭皮趨前，不自然的開口：

「怎樣？還在這裡？」

「是的，你怎麼也來了？」

「心裡好煩，想一個人靜靜。」

「我也是。前途茫茫，許多問題想不通。」元波對著小李，幾乎忍不住想把自己的策劃講出來。話到唇邊才驟然記起小李是船公司的人，無論如何，也不能把機密洩露。假如他也是逃難者，那該多好呀！無疑的，小李必將成為一如偉堂、阿志、坤培他們那樣，是他的心腹得力助手。而如今，卻在對立的一個位置上，為了全船人的安危，私交再好也千萬不能露了口風。元波忽然也被一份愧疚之情深深折磨，這絕非他一貫的待友之道，唯有在心裡暗求小李對他的諒解。

「你為什麼會和船長合作呢？」小李用閩南語開腔，聲音並不熱切，似乎無話找話，只為了打破沉默。

「莫法度啦！是不是！」元波小心翼翼的回答，一道無形的牆經已築起，對小李這麼爽朗的人耍機心，總是很難受。

「到了新加坡我會和你聯絡，不過世事多變化，到了再說吧！」小李欲言又止，話不投機，對於眼前這位被信任的總代表，居然肯出賣整船人的冷酷，使他升起一把無名火，將到口的話又硬生生地吞回去。元波的心事還沒想完，被迫隱瞞計劃，在不得已的對話中變得空泛無味，他懶洋洋的說：

「小李，明日登岸的是個荒島嗎？」

「是，那是一個小荒島。」

「他們怎樣活命？」

小李的氣往上衝，冷冷地答：「問你自己啊！」他毫不掩飾臉上的不滿，一轉身就下梯去了。元波展現一抹苦笑，心裡倒著實的喜歡小李這麼樣的一個朋友。他等小李的背影消失，也跟隨下去。

通道前炊煙處處，三五人蹲成一堆，用紙皮搧著炭爐；那些爐都是湊合些鐵板，不整不齊奇形怪狀的能充場用用而已，這一餐煮熟後說不定下一頓又得設法修修補補。

婉冰也半跪著聚精會神的用塊麵箱的厚紙皮，吃力的搧向並不旺盛的爐火，還是設法把火引得熾熱。

元波見到了，他原來沒想到每次回去吃碗飯是那麼不簡單，竟以為還是像在陸地那樣，只要把電源接上，自動飯煲便會把白米變成熱騰騰的香飯。他蹲下接過紙皮，替代婉冰的工作。婉冰鬆了口氣，用手拭抹額前的汗珠，悄悄的說：

「食飯時才見到你，有別處給你吃，大概是不必回來了啊！」

「有正經事忙嘛！妳怎麼啦！」

「正經事才好。」

「妳有什麼話講是嗎？」元波聽出言外之音，側過臉，瞄著太太，手也放慢了下來。

「為什麼老和那個女的在一起？」

「咦！吃乾醋來了。她是工作組的人啊！開會、工作自然都在一堆嘛！」元波口裡講，心中忽然想起先前那雙盈滿了溫柔的眼眸。而明雪的倩影無端也湧至眼前，已經久遠了，那位可憐的朋友之妻，自從淪落風塵，在妓院悽傷的和她意外碰面。自此人各天涯，不知死生？明雪對他投懷送抱的癡情經歷，也只能長埋深心，從來不敢對太太吐露半句；他沒有錯，心安理得也就不想對婉冰多作解釋。

「才不吃這些無聊醋呢！家家戶戶都有個男人在加柴搧火，打雜領水，而我統統自己來，幸好阿美能當跑腿，求求你，登陸後就少管閒事吧！」婉冰認真的把心裡話傾吐而出，他每次忙不過來時，就自個兒生氣。一些閒言閒語傳到她耳朵，作為女人天賦本能，應有的敏感，不得不使她注意起丈夫。但多年夫妻融洽相處，她也從沒疑心元波會做出些什麼越軌的事，倒是每次生火起炊啦，領水啦，這些從未幹過的活一下子落在肩上，辛苦時不免怨起良人，登岸後無論如何也不想他再去做些與家庭無關的事情了。她伸手接過紙皮，明明發現了父親，高高興興的喊著爸爸的投進他的懷抱。元波抱起兒子，往他前額深深一吻，一股熱度從唇邊轉進，他伸手一按，明明發著燒，他來不及回答太太的話，衝口而出的說：

「明明病了，妳知不知道？」

婉冰回轉身，也伸手按按兒子的頭額，才說：「大概剛開始，你抱他去看醫生吧！回來再吃飯」。

元波站起，阿雯蹦蹦跳跳的牽著父親的手要和元波一道去。平時，她一個人不敢到處亂走，來來去去都在吃睡的那點小地方，看到父親抱著弟弟，也就自然要跟去。元波一手抱起明明，一手拉著女兒，步步為營的在人堆的罅隙裡找到了龍醫生。

病人不多，卻意外的見到了盈盈，她臉色蒼白，和在天台時的神情完全兩樣。她瞄一眼元波，再望望他手上的小男孩和身旁秀麗的女孩，輕輕的問：「你的子女？」

元波點點頭，反問她：「什麼病呢？」

「瀉肚子，早上還沒事。」

「吃錯東西呢？好好休息吧！明天才能工作。」元波指著明明說：「小頑皮也忽然發燒呢！」

「黃太太呢？」盈盈自己也想不通為什麼會這樣問。內心隱隱約約希望看看是一個怎樣的女人會成為他的妻子，一種前所未有酸酸澀澀的感覺襲進心頭。

「Mr. Wong，」龍醫生看到元波，用越語說：「您先來吧！」

元波瞧著盈盈和另一位老伯伯，也用越文答：

「感謝醫生，還是按次序來好些。」他不願因為是代表就享有某些特權，如果這樣和他挺身而出的初衷也就有了矛盾；除非兒子患的是急症，任何急症的病人應該都有優先權。

盈盈聽了對答，內心沒來由的湧起一份感激，彷彿他只是因為她的在場而特別放棄醫生賜予的優待；假如不作如是觀，他的人格也更令她感佩了。

醫生展顏，就按先後為盈盈和老伯伯診治，最後才輪到明明；探熱結果，是三十九度的高燒，淋雨吹風種種成因感染的。醫生派了藥，元波問清用量後，也順便告訴龍醫生：

「明天我們會登陸，到達時，醫生請小心管理藥物，一船的人全靠這批藥醫治，要不要叫一個人來幫你？」

「不必了，謝謝黃先生，我會負責。明天，如還沒退燒，要再來啊！」

「感謝你啦！醫生再見。」元波拿了藥，就抱明明和牽了阿雯回去。他東張西望，想看看盈盈的所在地，卻沒發現，一直都不曉得，她孤身一人在那個角落棲息？回到婉冰身邊，臉上熱熱的好像喝了烈酒，泛上紅暈，一種前所未有的犯罪竟悄悄的使得容顏變色。婉冰伸手抱過兒子，關心的探問病情，完全沒注意到元波五宮的變化，他才舒了一口氣，從從容容的把醫生診斷的話有條不紊的奉告。

吃飯時，他腦際竟浮起盈盈那張蒼白的病容來，以至嚼咀著飯焦的乾硬也不以為意了。

14

一九七八年九月廿三日微曦初露時，南極星貨輪隆隆響的引擎聲放慢了；從曙光的朦朧中已經看到不遠處的一塊陸地，參差的樹影在島上搖曳。肉眼眺望，怎樣專注亦看不出有任何屋舍平房的跡像；縱然如此荒涼，卻也已引起一片騷動。呆在船上，擠擠迫迫的非人生活竟已苦了十多天，能夠看到陸地，平安登岸，希望和憧憬剎時通通湧現。沒有人深思以後的日子是如何困難的伸延，人往往在面對比較時，能夠選擇較之目前稍為好的一點切實情況，就會毫無猶豫的勇往直前。

太陽在海上很費力的掙扎著，紅紅的大圓臉笑嘻嘻似的把耀目的亮光放射出來，滿天紅暈漸退時，平芝寶島（Pengipu Island）的形狀也就清晰的呈現在眼前了。荒荒涼涼的沙灘了無人跡，斜斜的坡地上是石丘，除了婆娑的樹影外，再無別的屬於現代生活的景物顯現於眼瞳裡。

元波晨早醒來，悄悄在婉冰耳垂邊細語：「妳把一切應用的東西，食品和衣服整理好。今天一定要上岸了，我辦完事後會回來送妳們登陸。」

「你早點回來吧！我一個人顧不了幾個孩子呢！」

「放心，我會安排的。」他說完就匆匆趕去機房，遇到阿輝時，他叫阿輝即刻去找海盜張，通知他已經到了登陸地點了。

李察船長和小李在駕駛室，舵手擺動著大舵輪，大副拿著望遠鏡觀看；坤培和阿志與及阿德，偉堂也相繼來了。元波行到桌前，李察開心的對他說：

「Mr. Wong早安！我們已經到了平芝寶島，看來是個很好的地方。」

「早，船長！你知不知道這是個荒島？」

「剛剛才知道呢！可以免去海軍的干涉，那是最理想的事啊！」李察用愉快的語氣說，拿起望遠鏡，把焦點對準小島。

「要是沒有水源，船長！千多人怎樣待下去呢！」元波忍著氣說。

「嗨！黃先生，這不是我們爭論的時候呀！」李察瞪了元波一眼，把望遠鏡順手交給小李。

「船長，是否再找一個地方呢？」元波試探著問。

「不！電報已發，高委會已經知道這個地點了，一切都按著原計劃進行吧！」李察的語氣生冷而固執，好像船長的權威要這般的說話方式，始能淋漓盡致的表達，也明擺著是有恃無恐了。

是的，只要順利的把這一船亡命之徒留下荒島，再也沒有他的事了。他們的生死存亡其實又與他何關呢？他的心思已經飛回到新加坡燈紅酒綠的滾滾紅塵裡了。

船慢慢的向岸靠攏，終於在距沙灘三十多公尺附近下錨。

難民們起了一陣騷動，擁向船舷，嘟嘟嚷嚷地七嘴八舌，不斷的紛紛議論，有的慶幸終於平安到達陸地，免去海上風險；有的恐懼島上荒涼，擔心面臨的困境。有的自我安慰，說天無絕人之路那類老生常談的話，臉上反映的表情也就一一不同。

不過，無論有什麼高見和感想，卻也明白大家的命運還是聯繫在一起。誰也沒法有個人的選擇，不管情願與否，都知道登陸是不可避免的事。議論後也各各專心的去打包整理自家的隨身物，這些財產和生活在安逸世界的人們一般觀念中的有所不同；主要的是些髒衣物被褥，瓶瓶罐罐，與及各種用剩的乾糧。諸如即食麵、餅乾，此外自然也包括了能夠隱藏在貼身處的美鈔、玉石珠寶和手飾。對於呈現在各人身邊的「財產」，假如不是逃亡，這些瑣碎雜物全都變成不值一顧的東西，而如今都是碩果僅存的防身之寶了。

元波瞧見阿輝氣喘喘的在人群裡跑回駕駛室，人未到就向著他作用手勢比ＯＫ，元波也就知道他已照會了海盜張。李察等機器聲止息後立即問元波：

「黃先生，可以下令他們上岸了。」

「不，你忘了，說好先派人下去探測才決定呢？」

「喲！是，是！你就指派吧！」

「好，請小李陪我們一起去。」元波望著站在船長旁邊的小李，又指定了阿輝，偉堂和坤培；由於盈盈生病，他臨時邀請了阿德去幫阿志，共同緊守著電報機。然後一行五人就沿著繩梯順次爬下去，著地時水淹及膝，海裡鋪滿一層嶙峋的珊瑚礁。阿輝先著地，一腳恰恰踏上尖尖的礁石上，腳板被刺進去，鮮血滲出，一陣痛襲至，他大叫一聲，人往水裡倒。坤培接著踩進水中，一手把他扶起，就拖著他步步為營的涉水掙扎至沙灘，他就自個兒躺在沙灘上休息。元波和小李、坤培同偉堂四人一道繞著荒島視察，沙灘從水湄處斜斜的向上高著三十度左右，就是石山了。他們爬上山坡，疏落的樹散佈在這片石山上，石塊大小參差，凌亂堆疊；有的烏黑亮滑，有些卻粗糙不平，奇形怪狀的石頭巍巍峨峨地相互依偎。某些凹成了洞，也有凸如丘，在無邊風浪吹打裡緊緊連接著。

他們爬到高處，向四方眺望，遠處是海天吻合的水平線；眼前浪濤拍岸，樹影婆娑，風鳴水音外，再無別的聲響，證實是一片荒涼的孤島。水湄至山石處，深淺不一，多在六至七百公尺之間的闊度，這片空間是足夠容納整船的難民而綽綽有餘。

「黃生，一個人也沒有呢？」偉堂推推近視鏡，打破沉默，攤開雙手，一臉苦味。

「荒島當然是沒人啦！還用講？」坤培答腔。

元波站到山崗上，向身邊的小李問：

「小李，沒有水，你認為可以活命嗎？」

「通知了難民總署，他們會來接濟或者把你們很快的轉移到難民營，應該不會有問題。」

「這是你的樂觀估計，我反對登陸。」坤培高聲的叫嚷，手握拳頭揮舞，好像小李是他的敵人，小李聳聳肩，別過頭望海，不再開口。

「看來，我們別無選擇。」元波等小李先行，故意落後緩慢的和坤培，偉堂走在一起，悄悄地說：「按原定計劃進行。」

偉堂貼近元波，站定了才說：

「黃生，我們要爭取小李，他是很有正義感的。昨天，我偶然和他相遇，他氣憤的講，早已和船長大吵了一場，他是不贊成在荒島登陸的。」

「是嗎？我也看出他是身不由己，不過事情沒明朗，也要小心；他始終也是船公司派出來的人。私交上、他很不錯，和我合作愉快，又算是同鄉。但關連到生死問題，總不能太苛求，畢竟大家的身份不同啊！」元波也說出對小李的看法。

「黃生，我們等會兒就變成敵對的人，你別怪我無禮啊！」坤培赤露著上身，結實的肌肉一塊塊的呈著優美的線條；他是軍人也是個機器維修員，肚裡卻裝了些墨水，粗中有細。瞪起對大眼睛，兇巴巴的神色是頂嚇人的，渾身散發著一份江湖人物特有的氣息；是那種一拍胸膛應允了後，赴刀山入火海也在所不辭的漢子。元波和他相處不久，卻對他很器重，覺得能和他交上朋友，是份殊緣。

「越認真越好，我明知的怎會怪你呢！培哥，你回去預備，六七成人上岸後才動手。」元波掛著笑說。

回到沙灘，小李蹲坐在阿輝身邊等他們，他識趣的先快步離開；阿輝腳板上的血已止，瘸著腿一拐一拐的，在小李扶持下涉水回船。爬繩梯時坤培和小李每人一邊的承住他的腋下往上移，元波和偉堂殿後，終於返到甲板上。

船長遞過香煙，討好的每人也送來一瓶冰冷的啤酒；阿輝被帶到船長室包紮腳傷，李察急不及待的問元波：

「黃先生，怎麼樣呢？」

「勉強可以，叫阿志先通知高委會，詳告我們登陸的地點。」

「放心，已經打出電報了，我們開始吧！」船長把麥克風交給元波，元波接過來用廣東話說：

「各位父老兄弟姐妹；我們現在就要離船登上平芝寶島。水裡有許多刺腳傷人的珊瑚石，千萬要小心。要守秩序，年輕人要全力幫忙老弱婦女和小孩，準備好的人從船首鐵梯下船。各組組長，立即和坤培哥連絡，登岸的總指揮工作由他負責，謝謝大家合作。」

元波放下麥克風，全船響起了連綿不絕的掌聲及歡呼，就像是一班在沙漠上長途跋涉的旅客饑渴難當時，忽然發現水源的那種狂喜及激動。

15

海盜張赤著上身，讓結實的肌肉在悶熱的天氣裡吸收海風拂過的涼快，他蹲在甲板上和一班弟兄玩著牌。一字眉服服貼貼的在睫上躺著。由於手風順利，高興起來穢語如珠。聽不慣粗話的太太小姐們，早先也都臉紅紅的一心想換個位置，但整艘貨輪再也擠不出什麼空間可容身。唯有無奈的忍受這班江湖漢子每天的吵鬧和浪語，漸漸的也把那些萬變不離其宗的污言穢語讓耳朵習慣了，臉上紅暈也隨之沒再湧現。

十幾天的航程，假如有人統計，出自海盜張及其班底人馬的粗話，不外是用越文、粵語及儂族話交替而出；千奇百怪的三字經中總離不了媽媽姐姐妹妹作為攻擊對象，那被罵者也絕不以為意的用另外大同小異的髒話還敬對方。有的粗口卻也成了說話前的開場白，倒沒有故意表示在罵人，聽者也全不在乎這特有的講話形式。亦幸而有三類不同語言發音，對於小姐太太們只會聽到其中一種者，無形耳朵可以少接收另兩類音波，倒也是一種福氣。阿輝終於找到了海盜張，立即向他傳達了元波要通知的訊息，說後便匆匆走了。

海盜張把手上的牌一推，兩道濃眉向上揚，望著那班聚賭的手下說：

「盧媽美（越南話最通俗的粗口）有事了，大家停手。」

仍然拿著牌的人被海盜張忽然呼喝得全愣住了，眾人的眼睛勉強的把視線從牌面移到那大嘴巴上去。黑鬍髭顫動而牽起獅子鼻兩旁的線條格外深凹，他原本笑著的五官此時一本正經，就像獅子覓到山羊時的神色。他捕捉到全部焦點後再說：

「兄弟們，我們有一件大活要幹，這個任務是黃先生交下的，我已經接受。不過，要動用你們，使大家也全心合作，你們上次提議要先了解黃生的作為，分頭調查的人就先報告。」

「老大，我從十九組組長那裡問到，他一家的糧食配給完全和我們一樣，是由組長領回去，再按配額分給黃太太的。」阿權先舉手，把知道的事講了，坐在他身邊的胖仔阿發也開口：「我每日一大早去領飲用水，黃生的女兒也在排隊，輪到她時，黑鬼水手也沒有多給她，照樣每人一公升。」

臉上長著刀疤的小郭用儂族話咕嚕著：

「林伯講蟻知，佢去睇醫生，黃生抱佢仔依亦去睇醫生；醫師叫佢仔依先睇，可是黃生唔要，佢等林伯睇完，才輪到佢仔依。林伯話這叫大公無私，蟻有有識得係乜東西！」[5]

「上次派煙，船長每人給兩包，忘了我那份，他後來把自己的兩包煙拿出來補送我。」阿森也把自己最清楚的事講出來。

「夠了！兄弟們：本來打爛我地的飯碗就係佢，係我地仇人，冇理由幫佢。膚媽美！大家

5　「仔依」是孩子。「蟻」是我。「佢」是他。「冇有識得」是不曉得。

都服佢，我老張一樣，呢次船長收買佢，佢都爆出來；我唸落唔係幫佢，而係幫大家，如果黃先生靜雞雞地跟鬼佬船長走左，我地死梗，佢要我做的野就係……」海盜張忽然放低聲音，雙手向著他們招搖，大家會意立即靠攏，他才悄悄地說下去：

「盧媽美！即刻去班齊人馬，拿傢伙放在身上；除了船長，所有水手、大副、小李、老李等人，你地四隻挾住一隻，佢地有槍，動手要快，唔好傷人，知道嗎？」他的廣東話偶而雜著儂族方言，粗話卻不忘用越語發音。

「什麼時候動手呢？」阿權問。

「我經過時叫一聲……盧媽美，就造低佢地！」[6]海盜張哈哈大笑，一班人也大喊了盧媽美，笑過後，海盜張瞪著眼睛注視眾人：

「沒問題現在就出發，你們知道不能完成任務的後果嗎？」他高舉雙拳，作勢狠狠搥下，然後滿意的站起身，領先而行。

全船熱熱鬧鬧，彷彿要過節前的那種氣氛瀰漫著，大家忙忙亂亂的收拾著東西。元波放下了麥克風後，人有點緊張，也放不下心，假如海盜張那班人馬到時變卦，後果就不堪設想。他信步走出去，沿途都有人向他招呼，「黃生」或「Mr. Wong」，在這艘貨輪上早已成為他的專

---

6 「造低佢地」是打倒他們之意。

稱。不論男女老幼……除了婉冰和子女外……面前背後提起這位總代表時，縱然本身也是江夏堂的宗親長輩，亦依然以「先生」去表達對他的敬意。

形成這種一致的的稱謂，完完全全是在他無私的服務精神上所表現給眾人，竟也包括了那班流氓份子。對於這些變化，元波自己根本沒注意到，被推舉成為總代表，根本出乎他意料外，他從來沒想到要去領導這麼多烏合之眾。每天醒來，去見船長，去開會和處理一切大大小小的事情，只是做著一些應該做的事。他沒有故意扮演自己，也就沒有因扮演的角色被公認而沾沾自喜。一切都來得那麼自然，不是他必定會有別人，在某種特定時刻被選派出來。他絕沒想到因為某種差錯，這個責任才落到他身上；每當婉冰埋怨時，他心裡總是摻雜著氣憤及不被諒解的無奈。

走著想著，竟到了盈盈的床位，驟然看到她，才記起她身體不舒服，望著她蒼白的神色，在前後左右都是人的吵鬧裡，他禮貌而關心的問：

「妳今天怎麼樣呢？吃了藥沒有？」

盈盈蒼白的臉蛋沒來由的泛上紅暈，靦腆的低下頭，輕輕地說：「謝謝你，黃先生！我剛才再去龍醫生那兒複診，已經好多了。」

「妳多休息吧！不必到阿志那裡，我已找阿德去幫他了。」

「對不起，黃先生。」

「別客氣了，等會兒我找人來替妳搬行李上岸。」

「不必麻煩你了，我會……」盈盈的話沒說完，給阿美忽然插進來的聲音打斷了：

「爸爸，找到你啦！」元波的右手一緊，已被女兒拉著往前走，他回首向盈盈點點頭，邊走邊問：

「乖女，什麼事啊！」

「弟弟發燒，媽咪叫我找爸爸啊！」

「我正想回去，快點。」元波心裡一急，加快腳步，左轉右彎，回到了「家」。阿美衝著媽咪說：

「媽咪！我在盈阿姨那兒找到爸爸。」

婉冰蹲著餵明明吃粥，抬頭瞪了丈夫一眼，什麼也不說，再專心的一匙匙的把粥送到兒子嘴裡。

「找我有什麼事嗎？」元波也蹲下去，伸手按一按明明的前額，一陣微微的溫熱透過掌心傳來，較之昨天又算退燒了。

「哼！我以為你在辦正經事，阿美在什麼地方找到你呢？」婉冰悄悄的說，冷冷地聲音卻充滿了挑戰的火藥味。元波笑笑，也低聲說：

「我是在辦正經事，要找老張。」

「找老張卻找到了小姐那兒去，騙鬼！」

「她昨天看醫生，我路過順便打個招呼，妳想到些什麼了？」元波靠近她身邊，船上是公眾地方，他不想這些私事被人拿去傳揚。

「喲！真是巧合得很啊！」

「不說這些了，找我有事嗎？」元波壓抑著一份氣惱，不願和太太爭辯這類無聊的事。

「沒事就不能找你了，黃先生？」婉冰把空碗拿開，生氣的把明明留給元波，一手拉著阿美往廚房的方向走去。

「黃先生，我們什麼時候登岸呢？」符伯的聲音飄進來，元波如夢初醒，莫名其妙的被太太一番數落，使他胸中塞滿了一股說不出的怨氣。抬頭想發作，卻望到符伯笑彌陀似的張臉，他站起來，彷彿赤身露體似的面對著人的那種難為情的感受，他苦笑著答：

「等一陣就開始上岸了。」

「黃生！吵過就沒事了，女人都係咁樣啊！」符伯貼近身前，輕輕的說。

元波望向眼前的笑彌陀，心裡湧起一份感激之情，也展顏把臉上緊緊的肌肉拉開，那怨氣竟從丹田裡消失於無形了。

16

海盜張領著一班弟兄們在船上走，他叨了口煙，從船首到船尾繞了過去；每至一處看到水手時，他就用儂族話呼三喝四的指派了幾個手下，他們也就四人一組的在水手的附近閒扯或者玩紙牌。忙著的人誰也不注意，縱然發現了也無人敢去惹這些大都有紋身的好漢。在廚房附近也埋伏了弟兄後，他不意發現了在隊伍裡的婉冰，就趨前打個招呼：「黃太，早安！」

一面笑著時，忽然就兇霸霸的對著隊伍裡的婦女群喊道：「妳們讓開，給黃太先啊！黃先生為我們做那麼多的事，你們都還要黃太太排隊領熱水。」

那些女人嘟嘟嚷嚷拉拉扯扯的，婉冰拖著阿美，就是不肯先走上去，瞪一眼那個兇悍神氣的老張，她說：

「張先生嗎？謝謝你的好意，排隊是應該的，先來先領。」然後她想起了早先元波說過在找他，便順口告訴他：「黃生在找你呢！」

「好！我立刻去。」他笑著頷首，很難明白，為什麼可以優先卻有人會拒絕？真是一樣米養百樣人啊！

元波抱著明明，阿雯一個人坐在一堆衣服上自個兒吃粥，又不便把兒子留下，正在焦急；海盜張那個獅子鼻出現了，人已到了眼前，還沒站定就發問了：「黃生你找我？」

「是的，你怎麼知道呢？」

「喲！是你太太講的，有什麼事？」

元波行近他，悄悄的問：「你做好了嗎？」

「OK！放心吧！都預備好了。」海盜張也放低了聲音，拍拍胸脯，那種胸有成竹的豪氣亦增加了元波的信心。

「好！你去坤培那兒，過了午後應該可以行動了。」元波放下明明，讓他行到阿雯身邊，再對老張說：

「煩你找一個人去盈盈那兒代她搬行李上岸，她昨天吃藥，今天不能幫忙。」

「好！我也找幾個人去幫黃太太。」

「不忙，我們最後才下去，到時，人多著呢！」

海盜張離開了元波，走到船舷，坤培已集合了一班年輕人，小李也在其中。繩梯已放下去，準備好的人開始登陸，二、三十個年輕人從船邊分開直到沙灘處，排隊站在水裡。下船的人把包紮的東西交出去，這班青年就互相傳遞著，很快的、東西就比人先到達了沙灘上；也有些人把包袱自己緊緊的抓著，在水深及腰的珊瑚礁上跋涉，步步維艱的掙扎著走完了幾十碼的距離，然後氣喘喘跌坐在沙上，用細沙把被刺傷出血的腳板處貼埋。

首先登陸的一家人是阮醫生，他安頓後就「門庭若市」了；皮肉外傷者都等著他包紮，後來龍醫生也到達，他的藥物夠齊全，隨著上岸的人多起來，兩個醫生也就忙個不亦樂乎啦！已登耄耋之年的鄧伯伯，泡到海水裡，居然哈哈大笑，十多天沒走動，也沒洗澡；他一邊讓青年人扶著，像傳遞東西似的一手交一手，另一隻閒著的手不忘把冰涼的海水往身上潑，水花飛濺，返老還童的玩耍。

人到老了就如小孩的心態，完全不在乎世界的眼光是如何看待他的動作，只顧自得其樂，一切才不管它呢！

老婆婆們的神態就不比公公們的玩鬧了，男女有別，居然是從童稚以至老年期；她們畏縮而忸怩，怕腳刺痛，又恐防跌進水裡，那種全身潮濕的狼狽像無論如何也不能在大庭廣眾裡出醜。她們也許已忘記，縱然是落湯雞，也無人會對一位雞皮鶴髮的老太婆表現興趣。

三十多個相扶持的年輕人倒全是眼光光的瞧著那些花月年華的小姐太太們，鶯鶯燕燕的一片嬌音軟語裡。雖然沒有人塗脂抹粉，但迫人的青春如灼眼的陽光；半身浸在水裡，單薄的衣服就隨著身形貼緊。玲瓏浮凸的曲線便如此隔著一層衣服隱隱約約的呈現在光線中，成了涼涼的養眼的冰淇淋，散發著誘人的氣息。

有的不自知有些自知而忸怩地千方百計想遮掩。可是，任誰半身浸到水後，上半身原來乾的，但在涉水而行中，加上那群惡作劇的年輕人在施予援手時不忘娛樂。假裝無心而卻故意的將海水拍擊著，濺上身體後也就線條畢露。這些無傷大雅的事，在逃難過程中，小姐太太們也其實並非十分介意。那些有美妙身段的人，又充滿浪漫思想者，反倒是一個好機會；可以好好把天賦本錢顯耀一番，忸怩中也就有份喜悅之情泛升了。

嘻笑的歡樂聲融雜些怒罵，吱吱喳喳的人話裡時不時也會冒出各色方言中的粗言穢語。諸如越語的「盧媽美」，廣東話的「六七」、「丟你老妹」，閩南語的「幹恁娘」，儂族「蟻悼」等等。雜處久了，再斯文的人也經已到了處之泰然的不以為忤。涉水的人群拖男帶女，攜老將雛，就如一隊忙碌的螞蟻，連成一線的移動，朝著相同的目標。短短的距離，岸和陸地的誘惑，是飄流茫茫海洋歷經風浪襲擊而大難不死的船民所難以抗拒的，蜜糖之會引來大批蟻群，一如陸地之於這班難民，沒有人猶豫，擺脫大海似乎就是和危機告別，人類趨吉避兇對生命執著的本性是多麼自然啊！

到沙灘後，人人筋疲力盡，彷彿才在戰場上歷經生死搏鬥的倖存者，許多人喘著氣就平躺在沙上；兒童們幾乎通通泡在淺水裡弄潮嬉戲，荒涼的平芝寶島驟然生氣盈溢，熱熱鬧鬧，到處是移動的人。

搶灘登陸的軍隊是會在命令下迅速整隊準備作戰，建立起堅固的陣地；而烏合之眾的逃亡者卻自由自在的享受著海風，望天打卦的日子開始了，沒人去急著做些什麼，休息後自然想及一個比較好的棲身之所。有人已開始把破爛的帆布張掛，拉拉扯扯、七手八腳的窮忙一通，許許多多奇形怪狀大小不一高低參差的所謂帳蓬就顯現在視線裡。

元波站在船舷幫忙扶持下船的老人家，眼中望到沙灘上那片奇景，心裡油然而生起一片悽酸，世上再貧窮的破落戶看起來也比這堆不能遮風擋雨的難民們的臨居地強。高高興興登岸的人沒有誰會想到他們其實走近了地獄之門，只要元波當初一念之間，假如他接受了船長李察的安排，這班難友可能就全要葬身在這個為世人不知的荒島了。

叛變李察，留下來，縱然一家人也會面臨斷水絕糧的危險，但在大是大非的節骨眼上，一點都不容他多想。元波瞧著那些破帳幕，心裡焦焦急急，更下決心無論如何都要把貨輪扣下。對外聯繫的電報機和水艙內的飲用水，是這千多生命的全部希望，肩挑重任，他怎麼能辜負大家對他的信任呢？

太陽熱辣辣地當頭照射，荒島地近赤道，迫人的暑氣在無風的海面擴散，沒有人注意時間，登陸者已陸續離船。元波腦際仍然在胡思亂想中，忽聞坤培粗暴的聲音響起：

「收隊，你們通通上來啊！」

幾十個站在水裡半天的弟兄們一陣歡呼，匆匆歸隊，攀梯而上，正在準備上岸的人去路就被擋住。於是粗口，三字經，怒吼咒罵起伏連綿，盈耳不絕。

海盜張手上抓一把鋒利的軍刀，以慢跑的動作從船首開始走，每經過一個水手工作的地方，他就大罵一聲「盧媽美」的越南粗話。蹲著賭牌或站著閒扯的那些哥兒們，在他那聲轟雷似的呼喝下，紛紛躍起奔向目標，出奇不意而以多欺少的力量，幾乎沒遭到反抗的就將要對付的人制止了。海盜張奔繞一圈後已把四枝手槍從水手身上擄了過來，然後下令將老李，小李與及那班印尼水手一個個押上沙灘。

靠近控制室處的船舷，元波被由坤培率領的人包圍著，爭吵的聲音兇霸霸。還沒離船的人好奇的紛紛站在外邊圍觀，沙灘上的人不知貨輪發生了什麼事？只見水手們一個個被押到島來，好事者又涉水奔向船，爬上梯時就遇到一臉煞氣的海盜張，他手裡握著「曲尺」槍，槍口對準船梯，呼喝著眾人滾回去。

嘟嘟嚷嚷吵吵鬧鬧，在紛亂中，「呯」的一聲槍響，撕裂人心似的震盪著耳膜，李察船長怒目圓睜的立在船長室外，手上的左輪，槍口還在吐著白煙，彈飛向天空去的呼嘯把雜聲都統統壓下去了。

17

船長走過來，人群自自然然的讓開，等他經過後，他走過的空間立即被補上，李察就一路無阻的來到了元波身邊。等他望出去，才發現自己無形中已進到了包圍中心去，他用閩南話問元波：

「黃先生，發生了什麼事？」

「我也不知道，船長，這個人說他已控制了這條船。」元波指著坤培，李察瞪著面前的人，兇狠狠地一對黑眼睛毫無懼色的反瞪向他；這麼對瞧了一眼，李察的手槍就提起來指向坤培，還是用閩南話說：

「黃先生！你免驚，伊無槍呢！」

「船長，你看看沙灘上，小李他們全被押去了。」

李察側過頭，順著元波的手指望去，果然瞄到小李和水手們全坐在沙上，他心裡一驚，知道大勢不妙，認定鬧事者必定是坤培，心想制服他後也許可以挽救，便用手槍抵著坤培的胸口，粗聲的喝道：

「叫他們放人！」

「不是我的人做的。」坤培鎮定的回答。

「是誰？」

「我也不清楚。」元波聳聳肩。

「你叫他們放人啊！」李察轉向元波。

「他們已不聽我指揮了。」

「我們應該談談，你為什麼要這樣做？」李察又轉向坤培，他知道如果開了槍，雖然可以殺掉面前這個人，但在他前後左右這堆人斷斷不會放過他；而水手們都全在沙灘上，有了這點顧慮，他的聲音就沒先前那麼粗野了。

聽到了槍響後，海盜張一愕間立即朝人群裡走去，他終於望到了李察手上的左輪正指著坤培；他迫入人堆，左手也拔出那枝曲尺，悄沒聲息的就擠到了李察背後，槍口挺向他的背脊。李察忽然感覺脊樑已被一件硬物頂緊，正想發問，坤培卻笑嘻嘻地伸出手，把向著他的槍口撥開，隨手就接過來。李察知道大勢已去，保命要緊，只好任由坤培輕易的奪過手槍，這時、背脊的東西也放鬆了。他回頭一瞧，就和獅子鼻一字眉的人碰個正著，那人手上果然握有一枝烏亮的「曲尺」。

元波臉上泛起一抹笑意，然後和坤培眨眨眼，兩人又開始了爭執，吵吵鬧鬧。

船長垂頭喪氣的站在元波身旁，瞄著那兩枝手槍，冷冷的開口：

「你們會受到法律的審判。」

「生死關頭，我們想的是先活命。船長，只要你不反抗，沒有人會傷害你；你上岸後，告訴水手們，沒有我的許可，絕不準上船來。」坤培請元波把他的話轉告李察，元波充當起了翻譯，海盜張收起了手槍，客客氣氣的陪著船長登陸。

坤培把槍往褲頭一插，先前兇煞的神色已消失，堆起笑、元波拍拍他厚實的肩膀說：

「謝謝你！一切都算順利，請你找個朋友去幫我太太搬東西，好嗎？」

「好！大家都上岸了嗎？」

「留下工作隊，守船的任務就由你分配。」

坤培轉身去了，元波走向前艙，湊熱鬧的人正想離開，一個頭髮微禿的漢子忽然大聲的說：

「各位：我們再不能上荒島了，沒有水和糧食，一定會餓死的；叫他們統統再上船，一定要到難民營才能棄船啊！」

「誰可以叫他們上船呢？」有人發問，要走的人又紛紛圍攏了。

「黃先生可以，黃先生！請留步。」

元波聽到呼喚，回頭望到了那大堆人都朝向他移近，他還沒返回走，經又已被重重包圍了。

「黃生，我們不能登陸，請你叫他們上船，再到別的地方吧！」微禿的漢子放低了激昂的發音，望著元波，彷彿有種不敢放肆的態度拘謹著。

「為什麼？」

半拍。

「荒島沒有水源，怎麼活命？」

「我知道，依你呢，該怎麼辦？」

「請你命令他們上船，找有人的地方才靠岸啊！」微禿者理直氣壯，不覺把話聲提高了半拍。

「我們這艘不是遊船，沒有一個碼頭海港會給我們靠岸，在馬來西亞被軍艦驅出公海，你不是不知道吧？」

「我們可以直航到澳洲啊！」

元波放鬆了臉上的肌肉，他提起中氣，向著人群說：

「各位：到澳洲要三十多天的航程，海水不能喝也不能當燃料。難民高委會指示我們要找個地方登陸，腳踏實地才算是難民，這位先生所講的問題我們早已想過。」

「到荒島是萬不得已的，我們同舟共濟，大家的命運是一致的；我們已通知了聯合國難民專署，不久後就會派船來接我們了。」

「黃先生，不久是多少天？」

「我也不知道。我一家大小也登上岸，是福是禍只好走著瞧了。」

「如果安全，他們為什麼要叛變？」微禿者以迫人的語氣發言，彷彿只要把聲音提高，面對的人再也不是什麼總代表了。

「對。因為有了不安全，他們才叛變，但不是叛變我。現在我向大家保證，整個事件已解決了，請你們合作，快快上岸吧！」

「笑話！你命令登岸，他們反對，又拿槍指著船長，說不再受你指揮，那不是叛變你？」

一陣笑聲揚開了，盲從者也為自己找到理由，事實經過就是如此。許多人心裡暗暗為禿頭的中年人喝采，他得意的高舉雙手，高聲疾呼：「各位：為著我們的安全，我堅決反對上岸。」

「反對上岸。」

「反對登陸。」

像傳染症似的，包圍著元波的人紛紛舉手，加入了「真理」的這一邊。真理的準繩往往就是多數人認同的自以為是的一種觀念，假像在沒有明朗化前，被修飾後就擠身於「真理」的行列。

元波咬緊嘴唇，臉色發白，一股氣湧上，雙手冰冷的傳到心中，忽然他被一份消沉的意氣襲擊。有了萬念俱灰的思想，人被誤解後也往往會如此湧現另一種極端，放棄一切不管閒事的心思強烈的侵襲了整個大腦。他轉身想回到妻女的身邊，去為家庭分擔屬於自己份內的工作。而人群卻在反叛性中找到了勝利，把這個代表著權威的黃先生打倒，彷彿在那陣陣發洩的呼喊裡有了一位真正存在的敵人，就緊緊圍著他不放。

元波左擠右迫的走不出去，心念一轉，那陣沒來由的消極思想就又急急地消失無蹤；代之而起的是他性格中原先蘊存的坦坦蕩蕩，他挺起胸脯，掃視著眾人，然後開口，語氣平靜的說：

「我不想和大家爭辯，為了安全，我會把船舵拆下，把指南針取出搬到島上，這條船是不能再開航了。不想登島的朋友就留下吧！記住，我依然執行著高委會的指示，在島上登記難民名冊。」

「你無權拆下船舵。」禿頭者大喊。

元波走向前去，人群分開，坤培恰恰和阿輝迎面來，元波立即把剛才這班人的意圖快速的說了。並且向阿輝講：「你去找老張上來，培哥！你帶人拆下船舵和指南針，然後搬到島上。」

坤培頷首，瞪起眼睛直行至禿頭者跟前，出其不意的兩手一伸，迅速的把他的衣領抓著，面對面的大聲說：

「我告訴你：我們完全服從黃生的領導，等我們拆了舵再來找你算賬。」

「培哥，放了他，一點小誤會。」元波望著那一臉泛白的人，好像告訴他，坤培的粗野也就是證明他沒有被叛逆。

坤培果然依言把手一鬆，同時拔出手槍，那個禿者臉如死灰，早先的傲氣全失了。坤培把槍遞給元波：

「黃生，你拿著防身吧！」

「收起來，我不會開槍，也不必用這種武器，沒有人會害我的。」元波說完，就和坤培一起去拆船舵，那班人緊緊地跟在背後，只留下了禿者一個人訕訕然地站在原地發呆。

18

盈盈躺在艙面，四肢無力，迷迷糊糊裡，忽聞槍聲，「呯」的呼嘯響音卻在她腦際迴旋……

她緊緊扣著AK自動步槍的扳機，和部隊同志一起被困在堤岸福德中學後邊的商業中心。戊申年（一九六八）總起義的命令下達後，一想到南方人民可以解放的日子就在眼前，怎樣也掩不下那份興奮。

她是福德女中夜校部的學生，對這一帶的環境非常熟悉，所以上頭的同志早把這一區內帶領部隊撤退的任務交給她。白天，她是越美紗廠的工人，作為勞動人民，在資產階級的剝削下，她看到了社會的不公和黑暗，貧富差距懸殊，心裡敢怒而不敢言。後來工廠的領班和她熟絡後，暗中把一張「越南共產黨黨中央對南方華僑的十大政策」的聲明書給她看。她從此就由領班李大姐的介紹，走上「革命」道路。

胡志明主席說：「中越人民是同志加兄弟，山水相連。」南方華僑子弟熱愛祖國，祖國千萬人民正熱火朝天的掀起抗美援越的大運動，投入「越南南方華僑武裝革命運動」，正是配合了祖國的國策。

「沒有什麼比獨立自由更可貴！」胡志明的革命真言深深的烙印在越南人民心上。

「華運」組織的成立，緊蜜的配上了時代的進展，在解放南方的歷史洪流裡貢獻了一定的力量，盈盈參加了政治學習班，集結到森林裡訓練游擊戰術；戊申年春節的武裝總起義，她只有二十一歲，但已經是華運武裝隊伍裡的支隊隊長。

白天依然是工廠裡生產組的活躍工人，夜晚是學校中的好學生，沒有人知道她的另一種身份。三年來西貢、堤岸（已改為胡志明市）許多次轟動的爆炸案，派發傳單，懸掛「解放陣線」國旗等等事件，都有她直接和間接的參與。把美帝趕出去，打倒偽政權，統一祖國，這些不是口號，而是切切實實的革命行動，是每一個愛國愛人民的青年男女所熱烈追求的人生理想。盈盈從來沒有懷疑，等起義成功後，人不再剝削人的「社會主義天堂」就會在南方這塊可親的土地降臨了。

密集的M16嘶嘶咻咻的呼嘯著掃射進來，在煙硝裡幾乎不能張開眼睛。那班雙手染滿人民鮮血的別動軍，甘當美帝走狗，盈盈和北方來的同志們都躲在石柱後，瞄準著外邊；只要發現敵蹤，板機一扣，AK步槍的子彈就會貫穿了那些偽軍的胸脯，血債血償。為了國家的統一，為了人民的幸福，同志們前仆後繼，沒有人退縮，沒有人動搖。從北方到南方，全民一心一意的加入了驅趕侵略者的行伍，為了美好的明天，為祖國的自由獨立，任何的犧牲都值得啊！

李大姐右手已受傷，鮮血染紅了衣衫，她左手握著手榴彈，拉開了弓，喘著氣倚在盈盈身旁說：

「我衝出去，妳和他們隨後來，橫過馮興街，那邊許多小巷，妳就可以安全撤退了。」

「不，李大姐，妳不能這樣，他們還不敢衝進來。」

「這是命令，要不走，美帝的飛機就快要來投彈。」李大姐說完就從煙硝裡衝出去，機關槍和手榴彈爆炸的巨響後，再沒有人看到李大姐了。

盈盈果然走了出去，從賽瓊林大酒樓上，躲入民居。那些北方來的同志最後彈盡而亡，戊申年之役失敗了，卻震撼了世界。七年後，革命終於成功了，人民翻身，國土統一。盈盈成了有功於革命的英雄，被安排在堤岸華埠第十一郡人民革命委員會當婦女組組長。

北方同志湧下南方，在南方展開一次又一次的戰役，更換錢幣，改造工商業，改造偽軍的再教育，清算資產階級。把一個繁榮的東方之珠改成「社會主義天堂」，天堂裡人人平等，家徒四壁，臉無笑容。

終於，「南方解放陣線」被黨解散了，由於「同志加兄弟」的情誼忽然反目成仇，那些參加過「華運」組織的「同志」們先後被批鬥，失職的失職。失蹤、入獄者無數，逃回北越偷進中國避難的人也不少。

盈盈的家人並沒有因為她是「革命同志」而得到特別的優待，在驅趕華人到水草平原的經濟區勞動戰役裡，她一家人也因為是小資產成份而被送到南部下六省後江區荒蕪之地。她的革命熱情在面對一張張呈現菜色的臉孔時，漸漸的冷卻了；人民翻身的真正意義原來是人人變成「無產階級」的地步。貧富界線消失了，代之而起的明顯區分是統治者和被統治者的兩種對照，鮮明到一如日與夜之別。社會上再沒有人剝削人的神話更改成了統治者全面而狠毒的剝削著「被統治者」。

佔據了平民的高樓大廈，奪來了汽車，通通都是「革命」的需要。只要是黨員，職位越高者，手上無限的權力就是呼風喚雨的王牌了。

盈盈也被擠出幹部的隊伍，紗廠早已停工，滿街滿巷的都是失業大軍；私營企業，店鋪買賣全被「改造」關門停止經營，被譽為東方巴黎的西貢，短短三年的時間竟然面目全非。百姓流離失所，當年十里洋場的盛世繁華已如鮮花凋零，一去不返了。

李大姐屍骨無存的犧牲，革命換回來的「社會主義」天堂原來是人民的地獄。盈盈沒有勇氣到水草平原去面對家人，她常常在自疚裡愧對這個生於斯長於斯的城市。她以前的同學，工友們，在知悉她竟是「革命」隊伍裡的一份子時，不但沒有她當初預期的對她羨慕的熱烈反應，竟是漸漸的疏遠了她，彷彿今天西貢人民所受到的災難全是她帶來似的。三年來南越人民被「黨」整治到家破人亡，貧窮無告的悽慘實況發生在自己的家庭上，那份切膚之痛終於使她在深深悔恨裡完全的甦醒。

每次聽到槍聲，都令她陷入那場所謂「解放」的噩夢裡轉輾呻吟……

去幫盈盈搬行李的阿權告訴元波說李小姐還在睡，好像是病倒了。他吃了一驚，匆匆趕著去看，只見她蜷曲成蝦形的身軀躺著，便輕輕搖著她的肩膀：

「盈盈，妳醒醒，起來呀！要上岸了！」

她昏昏迷迷裡睜開了眼，望到是元波，掙扎著坐起身，元波瞧著那張依然如白紙般的臉孔，低聲而關切的問：

「妳覺得怎樣呢？」

「全身沒力，發燒，謝謝。」

「上岸吧！到島上再找醫生複診。」元波一邊說，一邊就動手幫她收拾，盈盈望著他，心裡一陣熱，眼角紅紅的竟有哭的意念。這段日子，孤身一人走天涯，心境寥落，對父母的思念，對鄉土的留戀與及對自己無知而助紂為虐的內疚，如千絲萬縷的纏成無數個心結，使自己變得沉默。

病倒時刻，竟還有一抹關注的神色，一句驟然出現的慰問，怎不令她衷心的感動呢？尤其，他是那麼忙，忙著整船的大事，居然還會抽空來探望她；那份激情也就油然而生，她幾乎想不顧一切的伏在他身上，讓眼淚流瀉出來，真真切切的面向他，傾訴她內心的感動是如何深刻。但是，她壓抑著，把那份心底強烈的波浪埋藏，不使它洶湧成災，她不能哭，淚泉一奔放，再也沒有什麼力量可以阻擋她內心的熱流了。

「黃生，你別管我了，我會自己慢慢來。」

「都上岸了，船舵也拆下搬到島去，我反正沒事呢！」元波一直忙著堆疊雜物，口裡應著。

「不好意思嘛！要勞你大駕。」

「怎麼了？妳倒變得好客氣？」

「不是客氣，是不安和感激。」

「別說傻話吧！舉手之勞，希望妳快快好了才能幫我忙。」元波整理妥當，檢視左右沒留下什麼東西，雙手各拎了一件包袱，啟步前還問：

「妳可以自己走嗎？」

「可以。」盈盈頷首，自己提小包便跟著元波走。將到船梯時，坤培走近來說：

「黃生！大家差不多都離船了，你還有什麼要我做？」

「噢！請你再檢查一遍，看是否還有人？叫阿志發電報向難民高委會報告經己完成全船登陸；告訴他們荒島的正確位置，強調沒有飲用水和糧食與及藥品。然後你也該上島安頓你的家庭，船上的安全就交你派人負責，好嗎？」元波一口氣不停的指示了幾件事。

「好的，這枝槍怎麼辦？」

「你先收著，什麼時候能平安離島再交還給他們吧！」元波說完便沿梯而下，盈盈隨後拾級緊跟著，望著他背影走，給人一種安全而放心的感受。涉水時，潮漲的浪花一打，她不小心就浮跌水裡，元波聽到水聲擊響，回頭正看到她掙扎著站穩，全身已變成落湯雞的狼狽樣，濕衣貼肉而裹，美好曲線玲瓏有致的呈現眼底。盈盈雙頰飄紅，低下首不敢和他對視。

元波發現了她的羞態，心中一蕩，浮起微笑，把左手的東西交到右手，就伸手給她；她猶豫了幾秒鐘，還是無言的也伸出手，讓他牽著一步步的在礁石的縫隙走過。直到踩上細沙，她才抽出了被他拉著的手，不敢仰視的接過包袱，連聲謝謝也忘了開口。

「妳自己找個喜歡的地方落腳，記得去看醫生，病好後趕快到船上，幫阿志輪班守電報機，我也要去找子女了。」元波講完就往人堆中去了，盈盈望著他消失在一片的破帳篷裡。她拎起包袱踩著細沙，在千多人熱熱鬧鬧的聚集裡，她走著行著，茫然的不知那兒才是自己落腳的地方，忽然間孤獨和無助外加一份難以言宣的空虛，就如潮水拍岸般，一搥搥地敲進心靈裡，眼角也沒來由的任淚水湧出，海韻彷彿和她一樣的寂寂寞寞，任風飄送。

19

元波走過一個個帳篷，瞄一眼都沒發現太太和兒女，在往右轉時，行行走走卻在水湄處遇到海盜張，他和一班弟兄還緊張的守著水手團和李察船長。

「嗨！黃先生，你叫他們放開我們吧！」李察看到了元波，就站起來大喊。

「船長，你好！南極星號再也不能開航了，你看到那個大圓舵已搬到沙灘上了嗎？」

「他們真的像強盜，我們怎麼辦？」

「一起留下荒島好了，你們可以分批上船去把自己的衣服用品拿下來，張先生，你就通融好嗎？」

「黃生，佢地要一隻隻輪流去，我派兩集手足監視，有乜依郁就甩佢落水。（儂族話一個人說成一隻人，尾句意為有何動靜推他下海。）

「船長，他說你們不反抗就沒事了。」

「船都不能開了，我們反抗有何用？」

元波再向海盜張說：

「多謝你和弟兄們，一切都順利，我要去找太太和子女，你是否見到他們？」

「喲！有啊！我們幫黃太搬下東西，是在那邊山腳。」

「謝謝！」元波回頭向船長揮揮手，就朝山腳處去。

一個綠色大帆布篷建搭在石山邊，這塊大帆布是小李從船艙裡交出來的，原屬於船公司的。裡邊東一堆西一堆的橫七疊八的都是人，大約一百多人也已把這個營擠到滿滿，東西衣服佔了幾乎一半的面積。

元波穿過羊腸小徑，沙灘被分割成露營地段；到達時、篷外也都是人，婉冰和子女全在篷外沙地上蹲坐著。阿美手上拿張紙皮當扇用，和阿雯輪流撥著風；明明躺在一堆衣物上睡著了，婉冰撐住件上衣，把一片陰影蓋在他小臉上。見到丈夫時，她寒起臉，抬頭瞪他一眼，一言不發的將視線調開。

「我找了很久，原來你們在這兒，為什麼不移進大布篷裡去？」

「是嗎？你真是夠偉大了呢！放著我們一家不管，老管閒事。誰來多謝你？」婉冰生氣的把手放下，陽光紅彤彤的就瀉滿了明明全身，她接下去說：

「你看，我們母子都快給曬成人乾了，還講什麼風涼話。」

「婉冰，妳怎麼啦？我真的一做完事就到處找妳們呢！」元波拾起那件上衣，再把烈陽擋在布外。

「看到嗎？家家戶戶不論大小總掛起片擋住陽光的帳幕。我們呢？就像孤兒寡婦，你以為我白癡，不會移進去讓明明睡得舒服點？我們自作賤要曬成人乾？說好說歹，情都講盡了，這班自私的人誰都不肯讓出半寸地方來。你口口聲聲在為人做事，誰領你的情？」說到這裡她竟嗚嗚咽咽的飲泣著，把心中的委屈傾吐，氣還沒消，再指著丈夫講：

「已經都登陸了，我不許你再做什麼代表；把時間放在兒女身上，不然，你就別管我們。」

元波聽罷，心裡也湧起一份氣惱，他真的沒想到自己辛辛苦苦忙著公家事，妻女竟備受冷落及無助。而這些人，也幾乎都知道她們是誰的家眷，居然忍心不肯挪出丁點地方？他不敢反駁婉冰，放下手上的衣服，人往大帳篷裡走去。

他站在篷邊，朝裡邊開口：

「各位：請你們幫個忙，大家稍微移一移，挪開一些空位，讓我一家也有個遮額擋雨的位置好不好？」

裡面所有的眼睛都朝他望來，可是，誰也沒移動，每個人都凝結在固定的空間，彷彿一動便會被別人侵佔去全部地方，就用沉默回答了元波。

「喂！你們挪動挪動呀！擠一下就行了嘛！」元波再次出聲，這時有了反應，也分不出是誰開口：

「我們已經很擠迫了，根本沒地方啦！」

「沙灘空地還很多呢，為什麼要擁進來？」

「先來的先選呀！這塊大帆布是我們全體動手才能掛起的呀！有份出力的才能分到小塊面積。」

一個帶頭說話後，七口八嘴的聲音就反映了他們的心思；元波咬著唇，他衝動到想跳進去揍這些發言者。人心居然是如此充滿了自私，婉冰說得對，誰來感謝他呢？他原沒想到要任何人領情，但是，他不做個代表什麼的，不也一早下船，怎麼會弄到近晚時分，子女仍沒棲身之所？想到太太的委屈，他明白了這班人先前必定以更冷酷的嘴臉對付她，心中越想越憤怒，他返身就走，匆匆的去到小李和李察那邊。

「小李，幫我一個忙，那塊大帆布是你交出去的嗎？」元波用閩南語問。

「是啊！什麼事？」小李遞枝香煙過來，元波接下，朝船長點點頭。

「他們那班人真是豈有此理，不給我子女住進布帆內，我親自求也沒用。」

「太過份了，幹伊娘，去，我們把帆布拆下來。」小李一躍而起，拍拍身上的沙粒，並用印尼話和水手們嘰哩嚕，七八個水手也紛紛站起。李察問明了事情因由，他竟領先而走，一行人浩浩蕩蕩很快就走到綠色大篷前邊了。

小李雙手一叉腰，粗聲往裡邊喊叫：

「這塊帆布是我們船公同的，船長親自來拿回了，除非你們挪出些地方給黃先生一家人。」

他的話就像悶雷轟頂，嗡嗡的擊進帳篷裡，引起了一陣嘟嘟囔囔地吵鬧。坐著蹲著站著躺著的男女老少們不約而同的在雷擊過後，迅速有了反應。沒有人捨得這麼好的棲身之所被拆除，篷外來勢洶洶的小李和水手們看來不像是鬧著玩的，而大家全清楚這塊大帆布確是小李親手交出，無人敢吭聲。代之而起的是一些咻咻嗦嗦，手忙腳亂搬動什物行李碰撞的聲響，整整忙亂了好幾分鐘；篷裡靠山石旁奇蹟空出了足夠十多人棲身的大地方。這班人的嘴臉一變，親切而熱情的紛紛自動行出來，不由分說的把元波的衣服用品大袋小袋的往裡邊移；任何不知內情者看到這場面都會被感動，患難相扶持，同舟共濟的互助精神怎麼會消失呢？

元波向小李和船長致謝，他們微笑地和水手們一齊離開。婉冰抱了明明、阿美和阿雯一起高高興興的走進去，在帳篷把自己的東西堆前停駐。容納了元波一家人後，空出的地方仍多著，元波原想去找盈盈，和請小李他們也住進來，念頭只是一閃過腦際，還來不及行動，前後左右的芳鄰們已經客客氣氣的把自己的面積調整。就像潮水漲退有致的全部多出的空間重又分配到不留餘地了。到過沙灘的人，漫步水湄處，潮水湧至，沙面凹凸不平不但全變成平滑表面，殘留的腳印足跡也會消失無蹤。

元波冷眼旁觀，實在不明白，這些人對於沙地上帳幕的暫居所，也存在了爭奪，霸佔更大地盤的心態，彷彿是準備了在此一生一世的長久定居？人類貪婪的私心居然不分地區，時間和環境。置身荒島，險境重重，危機未過，他們看來都不擔心，全心全意斤斤計較著的是如何擴張自己所佔住的空位，為了能多出半碼一尺面積而不惜和右鄰惡言相向。

可笑的是那半尺空間多了只是感到「佔地」看來闊了一點，實際上是用不到的地方。因此這班人早先完全不肯移動半寸土地來容納元波一家，也就可以想像。他們的動機倒非對這位總代表有何成見，縱然來人是船長，是小李或者海盜張，假如只是好言相求，也絕不能令他們動容而肯挪出那麼一小點空間來，他縱然也想到黃先生為他們做了許多事，但心中可希望挪出地方的人不必是自己呢！

元波明瞭了婉冰不許他再去「多管閒事」的感受，對這帆布裡的一百多位難友們，他們的態度真正令人失望。帳篷外那些人又如何呢？只佔一成的比例，不必太認真吧！心裡雖然自我安慰，但一份倦意湧襲而至，他伸手握著太太，在她耳邊悄悄的說：

「妳對，我以後再也不管閒事了。」

夜幕黑黑地降下，沒有燈光火影，盈耳是拍岸的潮聲，翻翻滾滾的浪花湧到，天籟妙音，竟成了這群無家無國的人安眠之曲！

20

微曦初露，元波睜開眼，帳內昏昏暗暗，他悄悄的起身，小心翼翼地摸索著向外去，出到帳篷，行向崎嶇的石路；比他早起的人，男男女女原來先他一步已到了山腰，每塊天然屏障的石頭的後邊都成了臨時露天廁所。排洩糞便也是人生的一件大事，以前在西貢生活，家居在現代化的抽水馬桶，明亮的電燈，如廁時一邊抽煙一邊讀早報，輕鬆愉快。從來不知道，逃難至荒島，解決肚腸內的殘餘廢物是如此的一種原始經驗。

元波找到一塊大石，石面平滑，黝黑中不知是否有蛇蟲鼠蟻出沒？猶豫再三的才狠心蹲下去，一份恐懼沒來由的竄上心。

如果三兩分鐘解決了倒也省事，逃亡以來，三餐沒有蔬菜可食，也無水果，水分不足，要暢通無阻可比登天還難呢！唉聲嘆氣，依呀呻吟，掙扎良久，奮勇作戰到滿頭汗水淋漓，最初對蛇蟲恐懼之心早已忘卻。完畢後如釋重負的總算明白了，這種大事對於安居樂業的人算不了什麼，而對於居無定所的難民們卻是一大考驗，再也沒什麼比這更正經的事要去面對。最後左右傳來的呻吟聲，隱約可聞，大家心照不宣的有著共同的命運，患上相似的症狀。

元波回到篷裡，婉冰已醒，她見到丈夫，急不及待的小聲問：

「喂！要到什麼地方小解？」

「我正想回來，告訴妳，往山上去，隨便找塊大石蹲下就得啦！」

「難為情死了。」

「妳可以忍嗎？哈！誰也不看誰，誰也不笑誰呢，去吧！」

婉冰想想，不覺莞爾，不去怎麼辦呢？她實在到了「忍無可忍」的地步了。生而為人，這種事又有誰可以強忍呢？她終於走出帳外。

阿雯也醒了，元波就帶她到後山，她說什麼也不敢蹲在石頭上，說好說歹她就是不肯，正在無法可想，婉冰恰巧回來，他就把女兒交給她，自個兒行到海灘前。

面對茫茫大海，極目遠眺，粼粼波光，浪花輕揚，激起萬千個白皓皓的水泡，彼此追逐，微浪一個推著一個，從水天一線的無涯處開始往岸邊趕來。那麼苦苦相纏的趕至至沙灘上，在一陣拍擊的聲響裡消失無蹤，波浪如果也算是生命，這個生命的展示就是為了這麼一次追逐的完成。

人的真正生命其實和這些浪花也沒有什麼不同，短短一生，不到百年的光陰，在宇宙洪荒的時間恆河裡，和一湧而逝的水泡、浪濤，皆是剎那。生命是美的呈現，在於火花閃爍的亮度是明是暗，天地從來不計較，日月星辰也不會去計較。水波浪花所呈現的表象，更從來不是為了給人類的眼睛去肯定；而人的作為卻彷彿要被同族認同，不然什麼意義也算不上了。應該做的就放手去做，率性而為，拋開社會人類成見的包袱，能夠自然一如水泡浪花，那麼也就沒有計較別人怎麼對待自己的必要了。

元波癡癡的在海風中神馳著一些思緒，忽然給自己一個結論，他沒「管閒事」。自從做了代表，一切表現及行為也是自自然然，他只在完成份內的工作，這類工作不在取悅於何人。

本來很快樂，但卻因太太的不諒解，同族類的自私，竟然引起內心的不快，不再去管去理，放下這個義務的責任，並沒有輕鬆愉快的感覺啊！

千萬道金光在水平線影射上天空，淺藍的穹蒼奪目燦爛，一片嫣紅熱熱鬧鬧的塗抹著，海天忽然艷麗到令人睜不開眼睛，滿天彩霞的亮光裡，旭日頂著圓圓的大紅臉笑呀呀地在海裡冒上來了。

「啊！真美喲！」

元波被身旁的感嘆聲驚醒，驟然發現出聲的人竟是盈盈。他微笑地說：

「原來是妳，這麼早就起身了？」

「不早啦！太陽不是已升上了嗎？」

「海上日出的美景唯有早起才能欣賞到，還好，我們都沒錯過。」

「我到了你身邊好一會兒了，你竟不知道？」

「妳不出聲，我真的茫無所知，那麼美的晨曦！妳找我有事？」

「沒事不能找你嗎？」盈盈始終浮現的抹淺笑隱沒了，很正經專注的神色凝望著元波。

元波一怔，倏然有點手足失措使他一時口齒不清：

「不……不是這個意思，妳病好了嗎？」

「謝謝！餐風露宿反而好了。」

「有你領導，一定會平安無事。」盈盈語氣認真而堅定，就像是最自然的道理，不必思考都可以講出口。元波心裡熱熱地，不覺苦笑的說：

「我可沒那個本領呢！再說，我已不再多管閒事了。」

「誰說你多管閒事？黃先生，假如沒有你，我們這次逃亡真的不堪設想呢！」

「謝謝！那是妳對我的抬舉吧了。」

「才不是，大家心裡都明白。黃先生，求求你，千萬不能放手不管啊！」

「別緊張，我不管自會有人理。」

「你真的不管，我也不去幫忙了。告訴我，為何你忽然這麼忍心？」

元波瞧著她一臉焦慮的神色，平凡的顏容煥發一層光，美在她清秀的五官上擴散；他感受到，也因此內心溢滿著感動。彷彿在茫茫人海中遇到了一位知心者，有種衝動想把自己的心掏給她看，那份思緒一閃而逝，他又武裝起自己，故意冷漠的說：

「別談這個問題了，妳住在那兒？」

「山腳那邊，在船長那堆人附近。」

「有帳篷嗎？」

「沒有啊！」盈盈不在乎的搖搖手。

「怎麼行呢？日曬雨淋，讓我給妳想辦法。」

「不必了，我早已習慣，那算不了什麼。小李已說明天為我掛上塊帆布。」

元波愕然的瞪著她，很驚奇的樣子，盈盈看到他的緊張，不覺笑著說：

「你別大驚小怪，我以前……」盈盈忽然打住，慚愧的低下頭，把嘴抿成一線。

「說下去呀！你以前發生了什麼事？」引起好奇後，元波倒想知道身邊這位嬌小的姑娘，過去的生活裡有些什麼特別？

「算了，有機會再告訴你吧！」盈盈抬眼瞅著元波，欲語還休，然後自個兒放開腳步踩著水往回走，留下元波一人，迷茫而不解的瞄著她的背影發呆。

元波行回來，沿途一片向他道早安的聲音此起彼落，天已大亮了；回到大帳幕裡，婉冰已在張羅早餐，也不知道她如何弄到熱水，正在沖即食麵，明明啃著甜餅乾，阿美姐妹不知所蹤。

「一早不見你的人影了，跑到那裡去？不是說再也不管閒事了嗎？」婉冰說著順手把泡水的麵遞給丈夫，元波接過，低首吞嚥。對太太的話不加理會，心裡說不出的難過，耳朵中迴蕩著盈盈的問話：誰說你管閒事？一個要證明他沒有「管閒事」，而一個卻硬說他在「管閒事」，為什麼？為什麼呢？

他的麵還沒吃完，坤培匆匆進來找他，站著講：

「黃生，外邊組長們已經集合了，等你分派工作。」

「我已經不是你們的總代表了，也不再多管閒事，叫大家另選高明去領導吧！」元波仰起頭，想也不想的就說。把坤培愕在那兒，他急急地搖手，好像就會把那番話都搖走似的，聲音也如手勢那麼快速：

「誰說你不是總代表？誰說你管閒事？」

「我自己說的，你去吧！」

「好！你不幹我也少理啦！」坤培漲紅臉大聲的扔下這句話便匆匆返身出去，他賭氣的到船上，把那班守船的人手全撤回岸；並向眾人宣布黃元波自動放棄了總代表之職，這個意外消息立即傳遍全島，組長們在一番議論後，接二連三的趕到元波那兒去，紛紛要求他「收回成命」再出來領導眾人。

元波無動於衷的統統回絕，後來抱起明明，父子倆就到海水裡泡浴。

平芝寶島在赤道上，早晨十時後的太陽便毒辣辣地照射而下，炙熱一分分的增加，人唯有浸在水裡，讓冰涼的水怯除烈日的燒灼，是最佳的方法。正當父子倆高高興興的戲水時，身邊前前後後在水中泡的人竟都是同船那些德高望重的伯伯們，他們嘻嘻哈哈的把元波圍繞著，林義隆老先生聲如洪鐘的用潮語說：

「黃先生，關公也有對頭人，你知道嗎？」

「各位伯伯，你們好，林伯的話我不明白。」

「我是說再怎麼公正，也有人不滿意，你不必介懷啊！」林伯補充的解釋。

符伯也開口了：「黃先生，蛇無頭不行，你不挑起這個責任，後果就不堪設想呀！」

「你不管，我也學你不為大家看病，行嗎？」阮醫生用北越口音的越語插口。

元波苦笑的答他：「你是醫生呀，醫生的職責醫人救人，你別開玩笑了，阮博士。」（越南人稱醫生為博士，而其它考取博士學位的人是稱為進士。）

「你是大家公選的總代表，總代表的職責是領導眾人，不出亂事，平安遇救後，才算完責；現在還在荒島，你輕言放棄，算什麼呢？」阮醫生滔滔不絕，也義正嚴詞的面對元波。

「黃先生，你瞧瞧船上那班年輕人，他們正用飲用水洗身，這樣下去，不到兩天飲用水就完了，千多人的生命不是鬧著玩的喲！」林義隆伯伯又開口，手指向貨輪。

元波跟著望向停泊不遠的棄船，果然看到十多位男女站在水艙邊淋浴，心裡確實大吃一驚。坤培派人守船，怎麼會搞成失控的局面呢？林伯伯的話有如當頭棒喝，心中揉雜了驚怒愧恨種種難以舒懷的情緒，早把應允婉冰的話拋到非洲去了。挺直身體，面對這些父老說：

「各位叔伯：謝謝你們抬舉和教訓，我想偷懶都不行了。我只好再勉力而為，阮醫生，你一定要為大家治病啊！」

「喲！哈哈哈……太好了！」

七八位精神矍鑠的老人家哈哈暢笑，掌聲和水聲熱熱烈烈響著。元波抱著明明，匆匆的交回太太手裡，來不及解釋，他又衝出帳外了。

集合的哨子一聲緊接一聲，把了無生氣的荒島彷彿也給吹醒了，四面八方的人都快速的到前灘沙地上來。

21

坤培興奮的站立元波身邊，他舉起雙手，喧嚷的人聲沉寂了，他兩道飛揚跋扈的黑眉跳動著，眼睛朝大眾掃射，直到肯定了眾口都合攏後，他張開喉嚨說：

「各位！黃先生今早忽然聲明不再做我們的總代表，你們同意嗎？」

「不同意！不同意！」

波浪擊岸的節奏首次被人聲淹沒了，元波耳裡一片嗡嗡，山搖地動的音波在空氣裡迴盪。

坤培再高舉雙手，又只剩下他的說話了：

「黃生不管，我也不負這個責任，飲用水就被人用來沖涼，還有許多災難會出現，所以一班叔伯父老集體向黃生求情，他終於又站出來了。」坤培說完，他的手有力的指向元波，剎那間掌聲爆響，又一次把海韻埋葬了。

「各位叔伯父老，兄弟姐妹們，我無德無能，承你們錯愛抬舉，要我做代表；我擔心無能為力有負眾望，才決定不再多管閒事。現在我們淪落荒島，前途安危未卜，沒有領導實在不妥，希望你們選一位有才幹者出來服務，共渡過這段時光！」元波張口，吃力的嘶喊，把話傳出去。

「不必選了，黃先生。」

「黃生！你就是我們的代表啊！」

「我們全聽你的。」

坤培微笑的注視著面前蹲坐的上千群眾，等嗡嗡嗯嗯混雜的聲音沉落後，他揮舞雙手，然後說：

「黃生要大家選舉，我就舉手吧！贊成黃先生做總代表的請舉手。」

咻咻嘶嘶一片手臂上揚的動作參差的先後舉起，眼前高高低低全是手，然後蟋蟋蟀蟀地又相繼放下，坤培滿意的宣佈：

「全體都贊成，推舉黃先生做我們的總代表！」

雷鳴的掌聲和歡呼熱熱烈烈地擊進空氣裡，元波在感動中忽然想起太太，不知她看到這個場面有什麼反應？是否依然責怪他要「多管閒事」？婉冰是一位賢妻，他從來沒有否定過，也就因為她的體貼溫柔，使得他曾經理智而殘忍的把投懷送抱的越南佳麗明雪推開。明雪後來淪落風塵，每一念及也就有絲絲不為人知的悵意突襲心頭。但對太太能夠無愧於心，坦坦蕩蕩，也便掩蓋了對明雪的疚負之情了。

正在胡思亂想之際，隆隆的機器聲自遠而近傳來，人群一陣騷動，海面經已出現了艘小型的軍艦；在大家錯愕中軍艦竟已靠貼了貨輪，艦上飄揚著紅白相間的是印尼國旗。涉水而至的六七個軍人全副武裝，擁簇著中間的長官，是一位佩掛著徽章的中年人，他們一行人彷彿從天而降的神仙，也像是由海底冒出的水怪，令大家摒氣窒息，傻愣愣地不知所措的注視著。

上到沙灘，軍官率先大步行進元波處，那班軍人如臨大敵似的放哨在外，扇形散開而把槍口對準人群。

阿輝蹲在前邊，元波向他招手，他就站起來，軍官分別和坤培，元波及行近的阿輝招手，然後把手提的擴音筒拿到嘴邊，用英語講：

「女士先生們：歡迎你們到了印度尼西亞！」

阿輝用廣東話口譯，響亮的鼓掌聲表達著對這位不速之客的官方代表致意。他等掌聲沉落後再說：「我是摩哈密中校，印尼丹容比那行政區的移民分局局長。這個平芝寶島隸屬丹容比那轄區中二百六十個大小島嶼的一個，也就是印尼領土。昨天聯合國難民高委通知我們，故我立即趕來。由於我們沒有駐軍，沒有行政人員，為了人道理由，我國同意讓你們暫時逗留，我不知道你們將在此島逗留多久？來此之前，高委會通知我們，你們的總代表黃先生已經接管貨輪。因此，我代表印尼政府，正式委任黃先生擔當本島最高指揮負責全島的一切事務，希望你們合作，守規矩。」中校一再停頓，等阿輝翻譯，並拿出一本記事簿示眾，再往下說：

「任何人的姓名被黃先生登記在這本簿上，將來到達難民營時，將被拘留；他所犯之罪照印尼法律處置，重者判死，或被驅逐回越南，有了檔案者西方各國也不會收容你們，明白嗎？」

阿輝譯完後，中校把記事簿鄭重地交給元波，然後拿出一張單據，寫了些藥品及三噸白米等接濟物，元波在單據上簽了字，並派了海盜張帶人到軍艇上接收。

在掌聲裡這個簡單儀式結束了，大家高高興興的散去，元波不但被全體難友公選為領導人，也正式被印尼政府委派為平芝寶島的最高指揮，接過那本記事簿時，心裡有種名正言順而任重道遠的感覺，快樂中也有壓力和煩惱。

他陪著中校巡視荒島，並向中校報告了糧食嚴重欠缺的情況，希望中校盡快和高委會聯絡，早早送來藥品、糧食及飲用水。這位移民官客客氣氣，堆著笑臉，什麼都答應了。告別時，大家擠滿海岸邊向他揮手，他也愉快的祝福大家平安，眾人目送他上了軍艇，又瞧著軍艇隆隆地駛出了海，直到消失在水平後，才議論紛紛的各自散開。

「黃生，恭喜你！你不但是我們的總代表，還是平芝寶島的島主呢！」笑意可掬的盈盈趨前伸手向元波道賀，元波握著那隻柔軟的手掌時，也泛起一抹微笑，「島主」這個特殊的封號還虧她想出來，他竟有些靦腆，輕輕的說：

「島主是妳賜封的，那麼妳就是我的女王啦！」

盈盈臉上飄紅，低下頭，一反常態，忸怩地抽出手，她說：

「你早有女王了，我只是你的屬下，請島主吩咐。」

「哈！我們在演戲了。好，立即派妳到船上守候電報，不得有誤。」

「是，島主。」盈盈抿著嘴，認真的鞠躬，一轉身就涉水而去了。元波瞄著她的背影，一種曾經相識的錯覺；彷彿是明雪，婀娜而玲瓏的姿態，散發著一份至美至柔，吸著他的魂魄。他癡癡地立在水湄，恍恍惚惚，明雪的小嘴貼著他耳旁，輕輕的軟語又在繚繞：

「波兄！我喜歡你，愛過你，曾經想把一切都交給你。可是，你不要，你害怕，你拒絕。現在我已變成一個甚麼男人都可以爬上我身體的妓女，你後悔嗎？後悔以前不肯要我嗎？……」

「你後悔嗎？你後悔嗎？你後悔嗎？」元波每念及明雪，這句話就如針刺似的箍著他的思維，心被千刀亂剁，他在痛楚中問自己千百次：我後悔嗎？——每回掙扎都是徒勞的，眼前盈盈的背影已經隱進水裡，她早已上了船去，而神思飛馳時，是明雪？是盈盈？竟也迷迷糊糊難分難辨了。

「Mr. Wong！恭喜你呀！」李察船長的聲音驟然出現，把元波拉回到現實的世界來。

「喲！你好，船長，怎麼剛才沒見到你？」

「我們躲到後山去了，避免麻煩。」

「什麼麻煩？」

「印尼政府會拘捕我們，罪名是非法登陸其領土。」

「你躲過今天，往後呢？」

李察掏出香煙，先遞一根給元波，自己也拿一根放到嘴裡才想起要回話，又把煙拿開再說：

「黃先生，只有你可以幫我們了。」

元波接過煙，低頭迎接打火機的火，吸燃了一口，才問：

「怎樣才能幫你們呢？」

「印尼政府和難民高委會都已知道你們登陸在此，接濟品和遷移你們是遲早的事，你們已經平安了，貨輪也沒用了。求求你交還給我，我才可回到新加坡去，就是幫我一大忙啦！」李察滔滔的把心中話說出，眼睛充滿祈求的神色，定定的望著元波。

「船長！能夠做到的我一定幫你們，你忘了，船艙的水和電報機關係我們千多人的安危。等到印尼政府派船來載我們離開荒島時，你就可以開走貨輪，如今，實在沒法子啊！」

「我恐怕到時印尼海軍也許不會放我們走了。」

「李察船長，別太擔心吧！我們中國話有一句叫做『吉人天相』你們不會有事的。」

「但願如此啦！」船長悻悻然的走開，元波涉水到貨輪上，爬上梯後先到電報室，阿志、阿輝和盈盈三人無所事事的在玩牌，發現元波在外，一起打招呼，元波問阿志：

「有什麼消息嗎？」

「沒有。」阿志推推鼻樑上的眼鏡，接著說：「新加坡電台的接線生告訴我，高委會正在交涉，我們登陸，是傳媒的一大消息，他們都在追蹤我們的發展。」

「這麼多好消息，你還說沒有？」元波笑著朝向盈盈說：「你們三人輪班，妳夜裡還是回到沙灘上。」

「是的，黃生。」阿輝接口說：「我們也已分配好了，盈盈最遲在十點鐘後就不許她單獨留在這裡了。」

「那不公平，男女平等嘛！我為什麼不能守夜班呢？」盈盈仰起頭，以挑戰的神色問著元波。

「為了妳的安全啊，沙灘上人多，今夜開始我會組織守更隊，大家都會睡得安心，孤身的女人也不會遭到不必要的麻煩。」

「我才不怕呢！」

「這是命令，島主的命令，OK！」

「哈哈！黃生，誰封你當島主呢？」阿志笑著問。

「她啊！」元波指向盈盈！

「不是我，是印尼移民官正式任命的，荒島上的指揮，不是島主是什麼？」

「對啊！妳真有一套呢！」阿輝拍手叫好。

「你們玩吧！有什麼消息都要通知我。」

「遵命，島主！」三人一起哈哈大笑，元波在他們的笑聲裡走出電報室，獨個兒行至水艙去，坤培的人手已把那班混上船洗澡的人趕走，偉堂正指揮些人從水艙裡提水，見到元波，他主動報告：

「黃生，我已計算好，每人每天派兩公升，可以維持一個星期左右。」

「準確嗎？」

「不會絕對準確，是量水位算出來，但所差不太遠，我已問過小李。」

「先派兩公升，兩天後減為一升半，如果接濟船還沒有來，再縮成一公升好了。」

「每天什麼時候派水呢？」偉堂又問。

「早上八點吧！其餘時間水艙都不開放，蓋好加鎖，由你負責。」

「是，我已找到大副，向他拿了鎖匙了。」

「還有什麼別的問題嗎？」

「我想借用那兩艘救生艇運送飲用水上岸，可以省很多力，好嗎？」

「好的，我們來去也可以當成渡船，一舉兩得。」元波說完就和偉堂一起去拆下兩隻小艇，裝滿二十公升的膠桶就分別運下貨輪，放在小艇上推到岸去。每次可運載十桶，倒真的節省許多體力，元波押送第一次飲用水上島，各組組長紛紛趕至，由偉堂按人口分配依組的編號先後，秩序井然。

22

荒島的酷熱在黃昏蒞臨時，當那個宇宙火球滾進西邊海裡去後，涼風輕拂，暑氣也就全消了。

元波吹亮了集合哨子，組長們及工作隊匆匆趕到水湄邊沙地上，還有許許多多吃飽沒事可幹的孩子們也好奇的圍攏來湊熱鬧。

等大家都到齊後，偉堂按組點名，證實組長們都出席了，元波拿起麥克風——印尼移民官臨走時留下——按下開關，他說：

「各位朋友，承你們抬舉與及印尼政府的委任，我擔當了大家的代表，希望各位衷誠合作，奉公守法，共渡難關。現在，每天的飲用水分配工作由偉堂負責，組長們派年青人早上八時集合，到船上取水。任何人沒有我的准許絕不能到船上去，貨輪的保安工作由坤培兄指揮，工作人員都要佩帶識別証，主要任務保護船上的電報室及水艙。

沙灘上營地的保安隊交由老張管理，（即海盜張也，公開場合都叫他老張。）各組組長們義務協調。清潔工作由我來管，老張的保安隊每晚輪流守夜，天黑後在前灘燒兩堆柴火照明，也可以引起往來船隻注意。好、有問題提出來討論，任何不能解決的紛爭都歡迎找我磋商。」

元波滔滔不絕，放下麥克風後，掌聲竟連綿響起，然後是熱烈的探討和工作分配。大家熱情洋溢，無人推諉責任，因為要打發日子，人總要找些什麼事來做，再沒有比這更好的差事了，為人服務，畢竟又正當又好聽。

散會後，老張的保安隊已經行動了，前灘遙遙相距的兩個火頭，劈劈啪啪地把黝暗的夜幕拉開了，照出一片明亮。守更者兩人一組的分開巡視，坤培也派遣了工作隊上船守衛。偉堂已和組長們商妥了每早取水的方法，而清潔隊同時決定每晨七時集合。

一切均已納入了紀律的約束，有條不紊。元波滿意的回到住處，大帳篷靠近山腳，前灘的火光強度照不到那麼遠，這一帶也就較為黑暗了。

阿美、阿雯姐妹倆到鄰近的孩子堆裡去聽童話故事，明明已經睡著，婉冰躺近孩子旁邊，看見元波，趕緊閉起眼睛。元波在微弱的光線裡瞧見了，挨近太太時，悄聲的說：

「又在生氣啦？」

「怎麼敢呢！島主。」婉冰睜開眼，揶揄的說：

「妳也來笑我了？」元波訕訕的答。

「給人封島主，就連家也忘了，你講話不算數，天生愛管閒事喜歡出風頭。」

「唉！身不由己。妳知不知道那些人用飲用水洗澡？不為別人想也要為明明姐弟們想，沒有水怎麼活呢？」

「別人能生存我們就能活，要操心的人非你不可？」

「妳蠻不講理了。」元波按捺著一股上湧的怒氣，不明白為什麼近來太太變成如此？自問沒做什麼不對的事，唯一的是忽略了幫忙她，同甘共苦的夫妻，相見時要這麼冷言冷語的針鋒相對，實在很難受。

「你完全沒有為我想，自個兒去過你的島主癮，家在你心中的份量算什麼？我要上山砍柴、要燒飯、照顧孩子。你知道，這類粗工我從前都不會做，別人的丈夫都在幫太太。只有我，孤孤零零的，你還說我不講理？」婉冰一股兒的將心中的不滿傾吐，然後抽抽噎噎的把身體背轉過去。留下元波，他也有一股氣，一種不被諒解的委屈油然而生。咬緊唇，也轉過身，帳篷裡傳來阿美、阿雯的笑聲，她們回來了。

姐妹倆一左一右分別去拉元波的手，口裡嚷著：

「爸爸！快起來，去看大海龜。」

「別胡鬧，很晚啦！睡覺吧」元波雙手被女兒握著，稍微移動就抽出手去拍阿雯的肩。

「爸爸，有三隻大海龜爬上來；他們在吵架，你去看看吧！」阿美張開兩臂，比劃著大海龜的大小，元波無奈，只好起來拉著姐妹倆走出帳篷。

前灘人聲沸騰，原來有人主張吃龜肉，有人反對。走到近處，果然在沙地上伏著三隻約五、六寸直徑的大海龜，動也不敢動的伸著龜首瞪視眾人。可能看到火光好奇爬上來，不意被大家圍住，對於這幾隻「不速之客」要如何處置，竟引起了兩種極端的分歧。他們正在吵吵鬧鬧，忽然看到元波，兩派人都停止了爭執。

打過仗殺過越共的海盜張看到元波，他就越眾而出的行到元波跟前說：

「黃先生，我老張連越共的心也吃過，這些龜說什麼也不能吃，我們成千人還沒有脫險，是不能殺生啊！」

元波沒想到他那副凶狠的嘴臉竟會講出這番話，真是菩薩心腸啊！他心裡很感動，對這位粗人倒也起了一份敬意。

「黃先生，這是天賜的海鮮啊？自投羅網，為什麼我們不能吃？」主吃派的領頭叫老蔡，臉上有抹刀疤痕，其貌不揚，跋扈的神氣露在五官上。

「只有三隻龜，千多人都要吃，你說怎樣分？」元波望著老蔡，給他出了一道難題，然後接下說：「我們淪落荒島，這幾隻龜也一樣，大家是同病相憐啊！是不是？」

「爸爸，我們養海龜，好不好？」阿美扯扯元波的臉企盼的望著父親說。

元波蹲下身在女兒耳邊悄悄的說：

「不能養，這些人會殺死海龜呢！」

「黃先生，你怎麼處理都行！」老蔡瞪了海盜張一眼，就先退出了。起鬨的人聽到元波的話，知道龜肉是吃不成了；同時，誰也不夠膽量真的去惹海盜張啊！

「老張，就交你放生吧！」

「謝謝你，黃先生！」海盜張興高采烈的呼喝著眾人拖拖拉拉的將三隻大海龜移到海裡去了，好像被放生的是他自己而不是那些龜，元波攜著女兒隨著散開的人群回去。

阿美姐妹倒頭便睡，帳幕裡一片起落的鼾聲，千奇百怪的各顯神通，外邊不聞蟲蛙鳴奏，而澎湃擊岸的潮水，一波推一波的滾滾而至，海韻的天籟氣魄萬千。把各種不同的鼻鼾壓下，成了細弱的和音。婉冰均勻的呼吸也加進了元波的耳膜神經，他靜靜地躺著，讓眾音繞耳。正在輾轉朦朧間，一絲呻吟在不遠處忽然直闖而來，搖蕩人心的哎哎喲喲，聲調輕微，像從被強力節制咬緊雙唇的嘴裡，由於不小心而吐露出去，一經洩氣就忍無可忍的放任其自然了。因此接下來的咿咿啞啞揉雜著另一個濃重喘氣的呼吸，竟然排拒了海韻和眾鼾聲，放浪而挑逗的在一片黑暗裡，彷如流行感冒的細菌般，在能呼吸之空間傳染過來。

元波心裡一蕩，丹田的一道熱流毫無來由的冒升起，兩股間硬崩崩地膨脹著。他用手掩緊雙耳，鼾聲和海潮果然被阻隔了，那要命的呻吟卻毫無阻攔的侵入他的聽覺而至心靈。他咬緊牙，和體內那股原始的慾念掙扎，一身燠熱難當，心中迷迷糊糊。忽然，有人說：

「邊個衰人啊？呢度係公眾地方啊！」

另一個聲音應和：「又關你屁事。」

「沒廉恥！」

「忍無可忍嘛！」

「看不見，也無所謂呢！」

先前的聲音仍以廣東話說：「最慘係聽到啊！」

四面八方的人聲你來我往的彼此交談謔笑，許多人都沒睡呢。那道呻吟及喘氣從中而止，應該是草草收場了。

元波的睡意竟已全消，燠熱還在，悄悄的摸黑行出帳外。走到海邊，沿水湄處行。腳踝涉到冰涼的水，丹田的熱流也就漸漸退卻了。不覺間走過了船長和水手那班人的住宿營地，再過去，海灘上孤單地坐著一個女人，正向他招手，元波行近，原來是盈盈。她嫣然開口：

「還沒睡嗎？黃先生。」

「是妳，妳也沒睡？」元波說完就在她身邊坐下。

盈盈搖搖頭，淺淺笑意在臉上綻放，輕柔地說：

「夜很美，睡了好可惜。」

彼此沉默了一回，好像都被這如詩夜色震懾了。

「妳以前做些什麼呢？」元波沒話找話講。

「你真的想知道？」

「好奇心而已，不方便就別提吧！」

「講了怕嚇你一跳呢！」

「我不會大驚小怪，不易嚇倒我的。」元波把視線調回到她臉上，沒有明雪的嫵媚，也沒有婉冰的秀麗，可卻有她們所缺少的剛毅神色。

「我是越美紗廠的工人。」

「那有什麼可怕？」

「也是『南解華運武裝革命隊』的成員。」

「開玩笑嘛！」元波被她的話逗得笑起來。

「不信?戊申年總進攻時，在第五群裡還是我帶領越共撤退呢！」

「妳沒騙我？」元波瞪著吃驚的眼睛，望著她，好像這樣的眼色可以辨出真假?他搖搖頭自言自語：「怎樣看也不像啊！」

「你以為要怎麼樣的女人才像呢？」盈盈仰首，用挑戰的眼色注視他。

「至少，至少……」元波腦裡泛起那隻雌老虎在審訊他，非禮他的女越共猙猙的臉孔，就接下去說：「比妳醜陋，比妳兇惡，比妳潑辣。」

「參加和輕信共產黨的什麼樣子的人都有。唉!我真是一個大傻瓜。」

「當初，妳為什麼會參加呢？」元波睜大眼，充滿愕然的問。

「無知，幼稚，愛國，統統是謊言。」

「越南又不是妳的祖國，妳為什麼愛國呢？」

「愛中國啊！你知不知道？我們都是響應中共的號召，才參加華運，抗美援越，是配合中共的政策啊！還有，阮朝的社會不公，對華僑的排拒，貧富懸殊，我們這些勞動階級的人自然想越來反抗啦！」

「那麼……妳為什麼也要逃亡呢？不留下來為社會主義天堂服務？」元波語帶諷刺的問。

「幻想破滅，失望和憤怒，我們原來只是黨的工具，有良知者是不會助紂為虐的呢！」

「後悔嗎？」

「還用問。想起那些戰鬥中死去的朋友，他們的犧牲真是太沒有價值了。」

「妳為什麼敢告訴我？」

「相信你呀！你是正人君子，不會害我的。」

「妳還沒結婚，一個單身女孩子混在越共堆裡，不怕嗎？」

盈盈伸手掠掠被風吹亂的頭髮，望著水平線上點點繁星，幽幽地說：「為了理想和革命，當時什麼都不怕。」

「妳很勇敢啊！」

「只是一個被利用的傻瓜。」

「妳會清醒，證明不是全傻。」元波望著她的側影，神思飛馳，彷如是明雪，幽幽怨怨地在他身邊。兩個完全不同類型的女子，竟先後會在內心深處激起些漣漪。

「誰會不醒呢？只是沒機會反叛吧」

「前後多少年了？」

「八年。南方解放的那一天，我們興奮得哭了。為統一的河山，為和平的家鄉而落淚，我們真的以為窮人翻身了。原來，只是那些黨徒翻身，人民比前更苦了。」

「妳不是黨徒嗎？」

「不是。中越交惡後，我們全被排擠，清算。」

「假如中越不交惡，妳不被排擠，妳會醒嗎？」元波忽然感到她很可憐，用八年光陰為一個獨裁政黨出生入死，結果也逃不過被鬥爭清算的命運。

「會！一定會的！只是，可能會遲些時候。」盈盈堅定的點點頭，她幽幽地瞟了他一眼說：「你以前很富有，是嗎？」

「是的，都給搶光了。」

「恨共產黨嗎？」

「妳說呢？」元波反問她。

「恨我嗎？」

「妳已經改邪歸正啦！現在和我們一樣都是共黨的受害人，為什麼要恨妳呢？」

「謝謝你！」盈盈伸出手，豪爽的和元波大力相握，臉上漾起一抹甜甜而舒暢的笑意。她很高興，壓抑在心底的結終於打開了，她居然沒被人不齒，腦內溢滿對元波的感激，幾乎想不顧一切的擁抱他，去表達內心的那份感恩的激情。

元波先站起來，盈盈又自然的伸手，給他一拉，她立時腳步踰跟；細沙下凹，身體不穩地就跌向元波，忙亂中順勢摟緊他以支持平衡。元波臉上一熱，雙手輕輕一推，等她站穩後，便向她告別，留下盈盈一人立在沙上癡癡地望著他的背影漸去漸遠……。

23

盈盈迷迷茫茫的行回營地，在軟軟的沙上，元波的影子拂之不散的纏上心頭。一份感激和著對他暗生的情意，她抓住他每一句話，在耳際重覆，也把他五官每個細緻的表情深思後在腦裡映現。尤其是那對專注的眼睛，彷彿藏著許多話，在望他時，有種觸電似的舒服和心悸的跳動加速。朦朦朧朧的睡意掩蓋而來，黑黝黝的破帳篷中，她孤獨的仰臥而眠。

一個黑影從沒門戶的帳篷外輕輕巧巧的爬進來，悄悄地壓上盈盈的身體；她夢囈似的呼喚著元波，她的思緒一下子飄到好多年前的古芝城郊區的果園裡……

古芝城距西貢西方三十公里，其戰時地道已成觀光點。新來的隊長阮安出用他那口濃重而堅硬的北越口音講解無產階級革命的偉大理論。他是北方派下的同志，負責對她們的革命思想訓練工作，在每天武裝射擊學習後，就由他主導訓話，然後大家熱烈的討論。心中盈滿對南方革命的熾烈希望。

在學習中，阮安出強調了做為一個共產黨的革命者及追隨者，服從黨的指示是光榮而必要。為了絕對服從，縱然黨要指定某位同志去進行極其危險之任務也在所不辭，對這些思想盈盈也早就有了心理準備。

那夜集訓完畢，阮安出要她留步，說是為了「革命的需要」。盈盈很高興很服從的也深以為榮的準備為聖潔偉大的革命工作獻出生命。隊長是三十多歲的人，身體精壯，手腳都因抗美鬥爭而彈痕纍纍，由於多次受傷故從前線調下成為政工幹部。他沉默的一路往前走，把她領到果園中部隊集結的一間屬於他的臨時茅屋內。

他倒出兩杯鄉村常用的白米酒，遞一杯給她，然後說：

「來！李同志，為了早日解放南方而乾杯。」

「阮隊長，我不會喝酒呢！」盈盈遲疑著，乞求似的望著他。

「喝吧！喝後還有特殊任務呢！」

他一口就把白酒倒進嘴裡，像飲水似的快速。

盈盈無奈，抓起杯後也一口飲下，熱辣辣的酒精嗆得她咳嗽連連臉頰飛紅，眼淚也湧了出來。阮安出接過杯，一伸手順勢把她摟進懷裡，她一愕然間，自然的掙扎，阮安出怒目圓睜的喝著：

「李同志，這是革命的需要，妳敢反抗嗎？」

盈盈耳中已聽不到什麼革命的高調，阮安出如抓小雞似的把她強按在竹床上。她死命的搖擺抗拒，脫力後一陣昏然，像被人拋在波浪上起伏。咬著唇，忍不住的淚水奔流，在撕裂的痛楚中，她潔白無暇的處子身體就如此給「革命」玷污了。

在悲憤過後，她也漸漸的平復；抗戰、流離失所、打游擊，今天過了不知明天是否能活著？生命都能奉獻，其它的又算是什麼呢？相信「黨」的熱情未冷卻，起初那份不甘心也就被戰鬥中眼見的許多死亡和鮮血融化了。

此後，為了所謂「革命」的需要，男女同志單純為著解決生理上的要求，也都彼此將就交歡，沒有任何個人的感情因素摻雜在裡邊。在那段亡命的日子，從來沒有為任何一個異性動情，如今元波那對專注的眼睛竟迷惑了她。

朦朧間她一任那個身體壓上來，迷迷糊糊的在狂野的動作中，心裡首次有了一份甜甜密蜜的奔放的感覺。和一個心裡熱愛著的人肌膚相親，畢竟和那些只是口頭上的革命需要而草草了事的粗魯黨徒有天壤之別呢！

她依依唔唔口齒不清的呢喃著元波的聲浪中忽然一切歸於平息後，那個黑影一點溫柔的的表示也沒有；不留下半句話的匆匆離去，疲倦中的盈盈卻掛著一個甜膩膩的微笑沉沉的睡著了。

元波在沙灘告辭了盈盈後就頭也不回的直奔到大帳篷中，經過和盈盈剛才一番交談，原先被撩起的那股慾火已消失無蹤。躺在沉睡的女兒身邊，睡蟲也爬上眼睫，朦朦朧朧間忽聞幕外人聲吵雜，呼喚他的音波滑進帳篷衝擊耳膜。他驟然被驚醒，就又摸黑的出去，原來海邊早已集攏了上百人，大家興奮的七嘴八舌說個不休。

阿輝看到元波，就把守夜者發現海上輪船向島上打燈號的事講了一遍。順著人群背向的海面，果然看到黝黑海面爍的燈光，彷彿不動的一艘大船停在海上誘惑這群流落荒島的難民。群情激動，幾乎在議論中全要求出去討救，元波也贊成，他說：

「這是個危險的任務，我不想舉派，誰的泳術好，自願效勞的就站起來，也要一位會英語的人相隨。」

話說完，老蔡便拍拍胸膛的越眾而出，元波一看，原來是他，難怪他會有一班哥兒們擁戴，畢竟是江湖好漢，有份常人所無的勇氣。

「黃先生，找一個講英語的陪我，要和他們講些什麼？你交待好了。」老蔡神色活躍，就似在緊要關頭能夠由他挺身效勞，是他此行期待已久的時刻。桀驁不馴的在人群中叉腰而立，在大家佩服的眼光裡展現一抹傲氣。

跟著行出來的是阿輝，他斯斯文文，給人一份親切好感，由於大家都認識他，熱烈的鼓掌竟不約而同的響起。他伸出手，老蔡卻把手拍向他的肩膀，彼此招呼過，在眾人目送下，他們上了救生艇，晃晃蕩蕩的在風浪裡出海。

站到海邊的人越來越多，大家先前的嘰咕忽然都沉靜了。瞧著黑黝黝的海面，那點小艇早已被黑暗吞噬，耳邊呼嘯的風浪與及擊岸輕濺起的水花有節奏的起落，隨著時間的流失，對老蔡和阿輝的擔心就成正比的增加。尤其是元波，他本身不諳水性，面對喜怒無常的海洋，除了恐懼外，還有份無力感。不安和焦慮一分分的凝聚，他用盡眼力望向海洋——望眼欲穿的理解終於成了此刻的經驗。他的心竟亂如麻，站不是行也不安，身邊的人如此站久了就坐在沙上，有的躺下來，只是，那片吱喳都被懼怕擴散的陰影取代了。

在擔心忐忑的等待中，時間變得有如蝸牛爬行般的慢，也不知給折磨了有多久？在靜夜裡一聲歡呼仿如晴天霹靂響，在灘上坐的躺的站的行的全湧到水湄前。視線所及，黑海上極遠處果然出現了小點燈影，在還來不及看清的情況下，眾人經已呼喝連綿，掌聲不止。元波咬緊唇，極目遠眺，及至艇影迫近，他心頭大石終於放下，長長的吸了一口氣，幾乎想放縱的大喊。他們無恙歸來，好像就是自己得救的那份喜悅，湧遍全身。

阿輝被扶上岸，整個人因風浪簸盪而嘔吐不停，腳踏實地後，虛脫到無力站穩，臉色蒼白如死者。老蔡卻談笑自如，和出發前毫無改變，他攤開雙手，指著被眾人提上岸的兩桶四十公升的清水，和二十瓶可口可樂冷飲，兩包二十五公斤的麵粉，告訴大家說：

「那是一艘馬來西亞的大貨輪，船長接見我們，並招待我們吃西餐，阿輝吃到飽飽的又全吐完了。他們不肯靠近搭救我們，只答應發電報向官方報告我們的情況，吃過後給這一點東西就送我們走了。」

元波聽他說完後，再望出海面，那片由貨輪發出的燈光已消失不見。興奮期待過後，代之而起的是一份無奈及失落的悲哀。

老蔡和阿輝各自分了五瓶可口可樂，其餘的就給圍觀的人輪流分開來每人喝一口，清水和麵粉交給守夜者保管，等天亮後再分配。

一場驚喜一場空，已沒啥好看頭，大家陸續星散，留下少部份好奇者圍著老蔡，他談興正濃，喋喋不休的唾沫橫飛，元波走前，衷心的向他道謝：

「老蔡，謝謝你！」

「不必謝啦!黃先生，明天給我一些麵粉更實際呢！」

「好的，你要多少就先拿，剩下的才分給有病的人。」元波知道，這些東西是他帶回來，這個凶險也很大，縱使他全要，也只好都給他啦!

夜寒露冷，這一鬧已近凌晨，他疲倦的再回到帳篷裡。躺在沙上，睡蟲四面八方立即爬滿了他雙眼。

24

天亮後，大家的話題依然繞著昨夜貨輪不肯來搭救的憾事。元波起身後到右山裡如廁，他的便血已經持續了好幾日。許多人根本就患上了便閉症，龍醫生的藥主要是些救急止血退燒治瀉的，患上便秘和便血的人，因為是缺少生果蔬菜，大腸少了潤劑引起。說嚴重又不算，但每次行便引來的苦楚又是另一種折磨，除了忍受，又有什麼法子可想呢？

阿美、阿雯姐妹在吃過早點後就拉著媽媽，母女三人往山去撿柴枝，這已成了家家戶戶的一種作業。元波牽了明明到帳外，太陽升空後，溫度很快上升，迎面的風也有些熱度，沒半點涼意。帳外遠處，幾個人蹲在火爐前搧火，元波瞄一眼鍋內，全是水。這麼大熱天還要飲用開水，沖奶又不必那麼多，心裡一怔，閃過腦內的是他們的水？按量分配只僅僅夠煮飯煲粥，他駐足的望著，地上中年漢子抬起頭，微笑的招呼：

「黃先生，你早。」

「早，你貴姓？」

「姓鄧，這幾個是姓朱，全是我妻舅！」（這位老鄧後來定居墨爾本，即鄧富樟先生，曾出任「維省印支華人相濟會」財務理事；與作者成為芳鄰至今。）

「你們煮那麼多水幹什麼？」

「你猜？」老鄧笑吟吟，存心考他，元波望著那張笑臉，很開心的樣子，在荒島上生死未卜，這個人卻能隨遇而安，滿不在乎的生活，倒讓元波感到慚愧。坦坦誠誠的一個人，怎麼會疑他有關水源的出處呢？他猜不出，也笑著搖頭，一抹疚意令元波有臉紅的感覺。

「我們在煮鹽，海水慢慢煮，乾水後鍋上就結成鹽，那麼就有調味品啦！」

「喲！我倒沒想到，這方法可以告訴大家，你們真了不起。」

「也沒什麼，我們在北越鄉村長大的，你是城裡人，當然不會這些土法子呢！」

「這次逃難是第二次啦？」元波的一些朋友中，也有些是一九五四年南北越分割，從海防河內逃到西貢郊外自由村做難民。他們大都是廣西中越邊境的儂族人，也有的自稱防城人。（方言近似客家話，又有出入；即欽廉人士。）當年，他們的族人領袖是黃埔軍校出身的黃亞生上校。越戰時期，富國島海燕特區阮樂化神父指揮的儂族軍隊屢建奇功，是越共聞風喪膽的勁敵。

「黃先生，說也不相信，這次是我第三次逃難啦！」老鄧站起來，收了笑容，淡淡的說：「第一次是一九五〇年從中國逃到北越，四年後從海防市南撤，千辛萬苦的到了西貢；二十四年後的這一次，又要帶了老婆兒女逃到這兒來。童年是家父帶著走，一次行路翻山越嶺，一次乘火車，此次是投奔怒海。你是第一次吧？」

「不，是第二次了，童年時由父母帶著逃離中國家鄉，現在卻由我領著子女跑。唉！老鄧，希望我們的下一代不必要逃共了。」元波無限感慨，為什麼這一代中國人都要跑要逃？多麼不幸的一個悲哀的民族啊！

「一定的，我們的命長過共產黨。」

「對！我等著瞧，共產黨總有一天在地球上消滅的。」元波伸出手，老鄧也把粗厚的手掌遞向前互握，熱熱烈烈的就把共產黨握死手中了。

「來，拿些鹽回去。」老鄧熱心的又蹲下去，把鍋內那層白霜似的結晶用刀輕輕挑劃，倒進一個小罐裡交給元波，元波搖搖手推辭，老鄧硬把罐交到明明的小手中。他說：

「黃先生，別客氣，我們再煮就有了；你忙著大家工作，這點鹽算不了什麼，請收下，用完再來拿啊！」

元波不便再堅持，就牽了明明，又往回走，拿著鹽，是不能到海水裡泡，只好先回去。進到篷裡，阿美蹲在媽媽身邊，用力的為婉冰揉搓著左腳踝，阿雯見到爸爸，立即搶先說：

「爸爸！剛才在山上，媽咪不小心滑倒了。」

「怎麼樣？要去看醫生嗎？」元波蹲下，視察她左腳的傷痕，大概是扭到肌肉，有塊烏青的浮腫顯現。

「皮外傷唔緊要，只是行路不方便，醫生那兒也沒法可治的。明天，你要去找柴了。」婉冰瞄一眼丈夫，邊說邊向兒子招手。

明明纏上去疼媽媽，把手中的鹽當禮物送過去，婉冰聽到是鹽，如獲至寶似的小心收起；問明出處，心花怒放的忘了腳痛，掙扎起身要去煮鹽。十多天的日子，除了即食麵裡那種鹹味外，其餘的都淡淡的少了魚露、醬油；無米難為巧婦，無鹽一樣使巧婦沒法施展。元波倒不能理解那份心態，逃難中，缺乏的東西豈止是鹽呢？以前，沒書報看彷彿都不能過日子，沒濃茶、咖啡和酒整天也就無精神，飯後的水果也是必需品；可口可樂、冷水當然是熱天不能少的飲料，而這些早已被拋到雲霄外，沒有了以後照樣能活著。人，真是一種奇怪的動物啊！

「妳多休息吧！反正已有了鹽，吃完這些再煮。」元波伸手按在她肩膀上，不給太太起來。

「一點小傷，不礙事，明天你去砍柴枝，我暫時不能爬山了。」婉冰順從的又坐下，瞄一眼丈夫，心中老不願他整天為別人忙，明知是公事，但總像少了一份患難與共的情趣。元波卻完全不瞭解太太這種心思，他順其自然而又盡責的完成自己扮演的角色，有時不免對太太有些歉意。但在公私衡量上，他始終相信婉冰是位深明大義的女人，必定會諒解他忽略家庭，甚至沒法抽身為她分擔家務的苦衷。彼此都不明講，這種靈犀的阻隔一旦發生後，夫妻思想上分歧就成了平行線，在沒達至交疊前，貌合神離的情況也就不知不覺中發生了。

「好的，幸而妳提醒我，不然事忙，又會忘掉了。」

「忙也要吃飯呀！沒柴燒看你吃什麼？」婉冰的情緒又發作了，元波堆著笑，也不會意，正想說些什麼，忽然瞧見盈盈竟到了跟前，她垂著手禮貌的說：

「黃先黃太，早安！我要到船上值班，停在岸邊的救生艇不見了，怎麼辦？」盈盈眼睛悄悄地望著婉冰，臉頰不自覺的飄起紅暈。

「喲！我們去找找。婉冰，她叫李盈盈，是我的助手！」元波匆匆而起，指了來人向太太講。

婉冰仰起頭，對盈盈頷首為禮，心裡卻莫名的燃起一絲沒來由的妒嫉，一出現便把丈夫拉走。盈盈望著眼前的少婦，已經生育了幾個子女，卻還艷麗清雅，那份成熟美幾乎令她自慚形穢。她也打心底升起濃濃的醋意，近乎用一種敵視的眼光狠狠地瞪著婉冰，彼此冷漠的不多交談，元波毫不知情的丟下一句：

「我去去就回來。」說完轉身而行，盈盈也緊跟隨他身後離去。

沙灘上偉堂已集合了各組工作隊海準備到貨輪上取水，大家也發現了小艇不見，正在議論，元波一到，他們就圍攏上，好像他的現身，萬事都會解決的。

「什麼時候不見的？」元波望著眾人問。

「早上才發現，李小姐要去值班，找不到，我們因她詢問才注意，果然看不到艇影了。」偉堂說。

「不可能會丟了，大家分頭找，會游泳的繞過貨輪那邊，看看是否被水沖去了？其餘的朋友在島上各帳幕營地搜索吧！」元波立刻分配了工作。

「黃生，今天的水要減少份量了。」偉堂推推鼻樑上的近視鏡，用請示的語氣說：「是不是呢？」

「對，照計劃減少一半，派水時告訴組長們轉告大家，要節省了。」元波轉過來對盈盈說：「妳上去電報室，接通新加坡電台，告訴他們這裡的飲用水已經用完了。」

「是！」盈盈展開一抹微笑，根據偉堂測量水位的預告，還可以維持七、八天的時間，他居然打誑不眨眼。元波瞄到了她的笑意溢在唇邊，已猜到了她的心思，他冷冷的說：「給越共統治了幾年，別的沒學到，那套謊言卻能應用自如了。妳知道嗎？等水乾了才告急，我們這兒就要餓死人了。」

「我又沒說什麼？」

盈盈嘴裡講著，心中一甜，笑得更加開心了。昨夜溫存猶留記憶，身邊的人居然僅憑她的笑意而能知悉笑裡乾坤，兩情相悅也就心有靈犀，這應該是很自然的証明了。

「黃生，找到了。在後邊，他們偷去當床用。」搜索隊成員跑來報告，元波、偉堂和盈盈就跟著來人一起去，領水的工作隊也相隨；曲曲折折的繞過了許多布幕，行到山腳處，果然看見救生艇上躺著一個十六、七歲的小伙子，他還在熟睡。偉堂趨前拍醒他，他揉揉眼愕然的望著面前這堆人。元波指著他說：

「喂！你為什麼偷救生艇？」

「我沒有偷啊！拿回來睡覺而已！」

「你不問自取就是偷，這隻艇很重要，你一個人拿去當床用，不覺自私嗎？」偉堂插口。

「沒人用的東西浮在水面，我才拿回來，黃先生要用就拿去好了。」這個小伙子也自知理虧，人多勢眾，犯上眾怒絕不好受，他就自找台階了。

來人不待元波出聲，已經七八個人高高的舉起小艇，全隊浩浩蕩蕩的取回艇後，立即展開了領水的工作。

25

烈陽當空，酷熱迫人，帳幕內的人幾乎都走到山腳邊的樹蔭底，少數泡在水中，僅僅露出頭面，讓冰涼的水把全身浸透藉以逃避赤道上灼人的暑氣。在樹下的年老者多已昏昏睡去，熱浪的折磨，使平常吵雜的一片聲浪也寂靜了。

元波陪著子女戲水，孩子們在玩耍，不管身處何地，那份開心和快樂都是成人所缺少的。元波半躺在水裡，靜靜的看著子女潑水鬧笑，一片波浪迎面撥至，濺濕了他一頭臉；海裡冒出一個窈窕的身體，立在他面前，貼身的薄衣把均勻曲線無遺的展現。元波抹去眼簾的水跡，本以為是阿美，正想拍水還擊，望清楚原來是盈盈。第一次看到她美妙的身材，不覺臉上一熱，靦腆的把視線調開，輕輕的說：

「原來是妳。」

「是我，你以為是誰？你太太？」

「她不懂游泳，人多時怕羞，怎樣也不肯到水裡和子女玩。」

「她很美，有了幾個子女還那麼年輕，我真的有些妒嫉她呢！」

「為什麼？」

「因為她是你的太太啊！」盈盈蹲下只露出五官，別過臉低聲的說。

「妳希望她是醜八怪嗎？」元波被引起了好奇，沒想到婉冰的柔美會令這個女人生妒。

「至少沒我那麼好看，我就更心安！」

「和妳有什麼關係？妳有妳的氣質，她有她的秀麗，各有天賦嘛！」

「你還能說沒關係？昨夜你對我做了什麼？你這個人呀！」盈盈臉上泛起紅潮，垂首說，聲音柔柔地，一份羞澀的美漾開了，好像海面被輕風拂弄的漣漪一圈圈擴散。

元波被她的話弄得摸不著邊際，他喃喃自語：「昨晚？沒有啊！我對妳做了什麼？」

盈盈生氣的仰起頭，瞪著他，話聲也不覺提高了：

「敢做又沒膽認，你……」

「妳沒發夢吧？或者有什麼誤會？我和妳告別後正想睡，又被叫出去，阿輝和老蔡出海去聯絡大輪船，折騰了半夜，我根本沒對妳做什麼啊！」元波想想昨夜的事，他確實不明白盈盈為何把他扯進去。

「不是你，真的不是你，是誰？……」盈盈哇的一聲就哭出聲了，元波一時手足無措，阿美，阿雯也行近了她身旁，好奇的問：

「爸爸！阿姨哭什麼？」

「不知道！」元波搖搖頭，望著盈盈一臉淚痕問：「究竟發生了什麼事？」

「你不懂，你永遠都不會懂的了。」盈盈把一心的委屈恥辱都發洩出來，掩著面匆匆的涉水而去；留給元波滿心拂之不去的驚愕和問號，他有點衝動想追上去問個明白。可是子女全在水裡，又不能扔下他們不管，只好望著她的背影，讓這種突襲而至的莫名事件在腦裡繚繞，怎樣整理也找不出一個滿意的答案。心裡忽然寥落到似乎失去了某種把持，抱起明明踏進熱辣辣的沙地往山腳下走，他把兒子抱回給太太，獨個兒又走向海灘，正想奔向盈盈的住處探個究竟。忽然小李喚他，跑步向他衝來，喘著大氣說：

「黃先生！快找人，船長和水手們偷偷上了貨輪。」

元波吃了一驚，拿起哨子就狂吹著，坤培和海盜張以及一大堆年輕人聽聞哨子聲都匆匆趕來，元波呼喝著眾人上貨輪，他邊走邊說：

「大家快游過去，阻止船長開船，快！快點！」

這一陣騷動，引來了上百人踩水朝貨輪船奔去，好像蜜蜂向著一朵盛開的花，展翅急飛朝向花香處採蜜的速度那般，當他們陸續爬上輪船時，南極星座號的機器馬達怒吼了。

由於沒有舵，貨輪在進退間衝刺顛簸，恰好水位還沒漲高，沸騰的人聲令李察和大副手忙腳亂，在失措緊張裡，貨輪發出巨大的碰聲，剛上到甲板的人均被這一撞的力量搖跌。元波和海盜張掙扎著爬起後，就匆匆趕到駕駛室，坤培和阿志，阿德同偉堂也全到了，小李隨後也來，大家望進駕駛室，李察滿頭大汗的反身面對眾人。海盜張和坤培早已衝進去，怒氣沖沖的用手槍指著李察，元波瞪著他，開口叫坤培他們收起槍，他知道李察的圖謀失敗了，冷冷的問他：

「你在幹什麼？船長？」

「想拿回我的船，不過，再也拿不回了。」他抹抹額邊的汗水，藍色眼瞳裡光彩也黯淡下去，無奈的神色明顯的浮現。

「為什麼再拿不回呢？」

「剛才的巨響，船已觸礁，底艙海水已湧進了。」李察垂頭喪氣的行出來，大副跟在他身後，眾人讓開。元波領著大家走到前艙，沿梯而下，果然海水已把大半個艙底淹了，船身也向前以三十度的傾斜定定的擱淺了。

「小李，多謝你，如果你不通知，萬一開出去，我們就不堪設想了。」

「我們的命運是一樣的呀！幹伊娘的這個王八蛋，不管我們生死，想一走了之。」小李餘怒未消，狠狠的掄起拳頭，向空搥下，好像這一拳已擊在李察身上，可以出了一口胸中的氣。

「沒事啦！大家請上岸吧！謝謝你們！」

「黃生，以後再也不必擔心了。」坤培神情愉快，舒展了一抹笑意，甜到人的心底。

「沒有舵，想不到他還不死心。」阿志說。

海盜張哈哈大笑的開口：「他這次只好認命了。」

「幸好不是撞破水艙，不然……」偉堂念念不忘的是那些維繫生命的飲用水。

「吉人天相吧！老天爺還要你忙呢！」元波拍拍他的肩膀，高興的說，引起了大家的笑，一場有驚無險的風波在歡笑裡結束了。

回到沙灘，再望過貨輪，前傾斜度看來更大，這艘在巴拿馬註冊已有三十多年歷史的八百噸級輪船南極星號，沒想到會在拯救了千多人後，從此壽終平芝寶島。這個結局是很意外的，元波心裡也湧起一份惆悵，這種對物的感情滋生，使他驟然很同情李察；當他行出駕駛室的那份憂傷，不正流露了一位船長內心對所屬船隻擱淺的痛惜和傷感嗎？十三天在海洋乘風破浪，千多人終於平安棲身荒島，而船竟逃不過要觸礁被迫退出航行的悲慘命運；船若有知，想必也會落淚如雨吧？

「黃生，去拿水嗎？」老鄧的聲音在元波耳邊響起，把他從感傷裡拉回現實。

「今早不是已經分派了嗎？」元波還有些茫然的看著身旁的老鄧。

「不是拿船上的水，到山的另一邊去取泉水。」老鄧揚起手上的盛水器，是個空鐵罐。

「太好了，誰發現的？去，去，我們有救了。」元波大喜過望，今天開始飲用水減少一半的配量，大家已經叫苦連天。大熱天再缺少水份，後果是令他憂形於色，如今竟然發現水源怎不叫他心花怒放呢？一下子就把貨輪擱淺引起的悲愁拋到天涯去。

他於是興沖沖地隨著老鄧涉水向右，爬上山石，一繞過去，又是另一番景色。茫茫海天無涯的伸延，海闊天高，極目處竟連一片帆影也無，滾滾而至的水花前後追逐；浪花相嬉奔馳，波濤拍擊山石，海韻鳴奏自成天籟。光滑的岩石崎嶇，或高或低，凹凸相連，大小相倚，開天以來絕無人跡，千萬年後，如今避秦客竟絡繹於途，山石有情，當感榮幸吧？

老鄧在前，元波隨後，一路上爬行並用，婦女們尖呼噓叫，隊伍中的青年不忘笑謔，宛如是到了郊外度假踏青，而不是在莊重嚴肅的尋覓生命之泉。元波對這些樂天知命的年輕人，在生死關頭依然洒脫自如，使他衷心佩服外，也很羨慕。年歲漸長，赤子之心隨之泯滅，這種所謂成熟，實在是做人的悲哀啊！

尖叫的聲音越來越刺耳，膽怯者半途而廢，元波戰戰兢兢，前進速度經已大大減退，盈耳潮聲不絕，笑謔之音經已不聞，腦際忽然想起：「蜀道難，難於上青天。」不知李白寫的那條古道，和這條赤道上的「山路」相比，是那一條更難走了？

蜀道還有古木悲鳥，子規啼月，枯松倒掛，飛湍瀑流；這「山路」卻荒涼無路，寸草不生，臨海陡立，越行越心驚膽跳，起程的人很多，到達者就無幾了。喘著氣，終於到達了山凹一塊較平坦的石面，所謂水泉，原來是從山隈處一個尖石，水以慢速度滴下；就如在醫院裡的病人，吊著輸血袋那般一滴滴落下針筒。元波問在盛水的人；

「朋友，你蹲在這兒多久了？」

「黃生，大概有一個鐘頭了？只有一公升水，太少了呢！」他拿開水瓶：「來，你飲兩口解渴吧！爬上來已經渴死啦啦！」

元波苦笑著謝過了，聞言把口仰向水滴處，享受山泉的涼快，伸到頸部痠痛，還喝不滿一口的份量。他潤潤喉，就讓給老鄧，然後再讓口乾的人輪流止渴。

「老鄧，千多人若靠這個水滴，真是馬德望！」[7]

「如果下雨後必定會有足夠泉水流出來。」老鄧皺著眉，想了想找出了結論。

「是啊！雨後山石滑不溜手，誰能來呢？」元波說。

「黃生對了，有雨不如叫大家盛雨水，誰也來不了這裡的。」盛水的仁兄再把瓶對準水滴，回過頭來說。

「老鄧，你來了就耐心等等，我先回去！」元波講完就從來路往回走，後來者見到了水滴的速度，失望之餘有的也沒耐性待下來，紛紛朝原路再摸索下行下。

7　柬埔寨的城鎮名稱，是粵語的諧音沒有希望之意。

26

南越淪陷以來，不斷有人民外逃的消息成為自由世界傳媒的新聞。自從南極星號被馬來西亞海軍炮艇驅出公海，又聲言直航澳洲，由於這是一次人數最多的集體逃亡，遂成為傳媒追蹤的焦點。難民中有些人竟帶來短波收音機，每天黃昏後不忘收聽澳廣或倫敦的新聞報導。在海上航行時，當元波把總人數呈交給船長的當晚，收音機就播放了這條轟動一時的消息。自此，難民們每夜都圍繞著擁有收音機的人，急於知道外界對自已命運究竟是如何安排？

登陸荒島後，印尼官方代表的出現，聯合國難民高委駐菲律賓代表奔走呼籲，各西方外交人士進行談商，這些片片斷斷都從澳廣中文國語和粵語節目播音中知悉。

島上擁有收音機的人，已經有四五個沒有電源供應，無新電池更替，收音機再也發不出聲音了。在右邊大石旁的一家人姓林，他的收音機平常不使用，收聽時音量也開到極小，不喜歡別人打擾。現在，由於他人的機都作廢了，他自個兒收聽後，往往會把特殊新聞向芳鄰轉述一二，再由他們傳達開去。

如此輾轉傳遞，諸如高委要求南極星號的船務公司採購糧食送來平芝寶島的喜訊，就由這種方法傳遍全島。元波知悉後立即要阿志用電報機向新加坡電台的女播音員查證，她有柔美的聲音及仁慈的愛心，對阿志發出任何訊號都會極之迅速的示覆，所得到的消息證實和林氏傳達的相同。

阿志和盈盈值班，每天收集的消息很多，通常都抄寫好經過元波過目，在集會時向組長們發佈；元波之所以如此控制，是擔心任何不利的傳播會引起騷動及不良效果。烏合之眾中不乏亡命之徒，元波不希望有任何混亂，從而發生難以預測的後果。

傍晚時分，紅紅的太陽讓海洋吞噬後，也帶走了島上的暑氣，大家填飽肚子，無所事事，傳遞新聞的時間又到了。這次，說澳洲政府已經宣佈不收留任何南極星號上的千多位難民。壞消息像傳染病菌似的一下子感染了全島，澳洲——這個人間樂土，幾乎是這千多位逃亡者夢想的桃花源——全部希望所在。而晴天霹靂的當頭打下，許多人夢幻破滅，悲傷的抱頭痛哭，群情激憤，一些人咒天罵地。誰也沒想到，千辛萬苦冒險犯難，目的行將到達會被「天堂」拒於門外，這份打擊實非常人所能承受。

元波匆匆趕去貨輪，直走向發報室，阿志不在，只有盈盈，她掛著耳機正的收聽；元波對她頷首，哪想到她卻別過頭去令他一愣，始記起昨天她哭著在水裡走開，還不知道究竟發生何事？這時，也不及細查，他拿筆快速寫上：「請立即查詢澳洲是否宣佈拒收我們？」

寫好遞給她，盈盈瞄一眼，立刻熟練的撥弄著擴音器，發報機便響起了嘟嘟的聲音。不久後，那清脆悅耳的女播音員的聲波傳來，證明當天沒有這則新聞。元波興奮到如獲至寶般，謝過盈盈，盈盈轉身往外跑。

「黃元波，請站住。」

元波還沒跨出門，便被這聲連名帶姓的呼喝呆住了，他回過身來，正對著盈盈那雙幽怨而含淚的眼睛，他的心彷彿被電流觸中，有著說不出的一份震撼的痛楚忽然散開了。他朦朧中好像明雪站立眼前，輕輕責備他不敢去接受愛的神色一般，他竟有點膽怯，又有份說不出的激情，很想張臂把她擁在懷裡，柔柔地告訴她，他在後悔，深深地後悔自已的絕情。

「妳在叫我？……」他木然的站定，疑惑的詢問，奔流的激情被壓抑在心底，用注視明雪當年那溫柔的眼光望著她，等待著她。時間靜靜的在凝視的對立中一秒一秒的跳動，一如他的心的速度。盈盈終於點點頭，澀澀地而又含羞的低聲說：

「告訴我，那晚你走後，不久又再回來，是你、一定是你。」盈盈的淚水滴下來，話說完人也不顧一切的伏在元波身上抽搐。元波又一次手足無措的陷入了凌亂的窘境，他猶豫地想推開她滾熱的身體，明雪悽悽切切的聲音彷彿在耳際繚繞，他的手終於在掙扎後，改變了推動的姿勢輕輕地拍著她的背，像哄著阿雯時的手法，口裡不覺呢喃自語：

「乖乖，別哭！乖乖，沒事了。」

盈盈臉上熱辣辣的飛滿紅潮，止了淚，依然伏在他堅實的肩膀上。那夜的激情無端泛湧，她閉起眼睛，雙手緊緊地摟抱他，仰起臉把口唇印在他的嘴上。元波迷迷茫茫，眼前幌來幌去都是明雪潔白溫柔的眼神，他曾經後悔，親口對明雪說：當跪在九龍單車廠被鬥爭的台前時，見到她挺身而出不顧安危的維護他的剎那，他已經後悔，後悔不敢去愛她，後悔自已的虛情。

迷糊中，熱熱的唇，滾燙的舌，緊緊地吮吻他；他如癡如醉，一任狂吻進行著，不知過了多久，發報機的聲音嘟嘟響起，他才如夢初醒，觸電似的雙手移開盈盈。

「對不起！對不起！我一點也不明白妳剛剛講什麼？我也不清楚自己在做些什麼？請妳原諒！」

話說完，元波竟匆匆走了，像逃避債主的神情，恐怕走遲了就會被迫還那些還不清的債務似的，走得慌慌張張，全不像平時溫文雅爾的樣子。

他離開了貨輪，有如走出了夢境，臉頰還掛著甜甜的笑意。踩到水裡，一身依然熱辣辣，電流在細胞中奔走，踏上沙灘，才整個人完全清醒過來。岸上部份組長及工作人員正焦急的等待他，坤培越眾迎上，急不及待的問：

「黃生！證實了沒有？」

「是誰在造謠，知道嗎？」元波反問他。

「是那位姓林的，消息從他那兒來，就傳遍全島。」

「帶我去找他，看看這個人是何居心？」

一群人浩浩蕩蕩的朝右邊大石旁那個所在走去，沒多久就到了營帳外，元波剛到，姓林的恰恰走了出來；原來是元波的同鄉阿林，在船上時經已打過招呼，後來忙，也沒空再連繫了。

阿林堆起笑，表情熱切的歡迎元波，元波和他招呼後就單刀直入，開門見山的說：

「林兄，是你告訴大家，澳洲拒絕收留我們？」

「喲！他們每晚都來問長問短，我開個玩笑罷了。」

「你怎麼能胡亂造謠呢？」

「我信口開河，誰叫他們相信呢？」

「因為你有收音機，請你拿出來。」

「黃生！加已郎免認真啦！」阿林的微笑隱沒了，吐出一句閩南語。（自己人別認真啦！）

「對不起，我只是要取出電池，不是你的收音機，你收新聞如照講，本是好事。但造謠擾亂，引起全島恐慌，這個結果太可怕了。我公事公辦，別給我難做。」

阿林看到元波身邊前後圍著的那班人經已對他大罵三字經，知道眾怒難犯，只好順從的把收音機拿出來，自己抽出四個電池，交給元波。元波遞給坤培，叫他代保管，等到能離開荒島時再交還給阿林。

回到前灘，元波吹響了集合的哨子，島上男女老幼紛紛湧到海邊，等大家坐定後，元波接過偉堂手裡的擴音筒，他說：

「各位父老，各位兄弟姐妹，你們今晚相信了一個謠言，說什麼澳洲政府宣佈拒絕收容我們，以至大家悲傷失望，情緒低落。」

「我經已發電去新加坡查問，證實那是謠言，剛才也去找那位無意開玩笑的朋友。他已坦白承認亂說，我已保管了他的電池，以後請你們不必再輕信不切實的消息。我們的電報機，消息來源最可靠，這種時刻，有意或無意的玩笑都要不得，大家有何疑問，歡迎向組長提出，或者直接來找我。」一元波停下，瞄了眾人一眼，從袋裡拿出印尼移民官交給他的小冊子揚起來說：「直到今天，我手上的這本冊子還是空白的，證明大家都奉公守法，希望你們繼續守望相助，共渡難關。我相信等到我們告別荒島，這本簿會依然乾乾淨淨的奉還給印尼當局！」

熱烈的鼓掌和歡呼連綿不絕，早先低落的情緒已一掃而空，聲音漸次靜下，有人舉手然後發問：

「黃生，我們什麼時候可以離開荒島？」

「正確的日子還不知道，全世界的傳媒都關心我們的情況，相信很快了。」

「黃先生，為什麼難民高委會不早日派船來接我們去難民營？」另一位發問的人站起身，個子矮矮胖胖，聲音響亮。

他們正在和印尼當局談判，我們暫住的平芝寶島是印尼領土，大家逃亡，踏上陸地，我們已經到了自由國土；現在呼吸著的是自由空氣，荒島上生活再苦，總是過渡時期，大家一定要堅強，充滿希望。俗語說大難不死，必有後福，我們全是死裡逃生的有福之人。有些事是急不來的，我們追求自由的大目的已經達到了，其他的一步步慢慢來，請相信，明天會更好！」一元波一口氣說完，安慰著他們也給自己鼓舞，他始終不改其樂觀的性格，他明白唯有信心才能臨危不亂。烏合之眾在困境掙扎求存，若對前途絕望，後果必定不堪設想。

「對！明天會更好！」像呼口號似的，全體蹲坐沙灘上的人一齊高喊，興奮及充滿歡樂希望的情緒感染著每一個人，人人相信苦難終會過去，黑暗定會消失。

明天會更好！大家散會時均掛起笑容，希望！對於苦難中的人是多麼重要啊！

27

婉冰的腳踝扭傷後休息幾天，沒再去砍柴，這些日子對於丈夫眉梢深鎖悶悶不樂的樣子也注意到了。他彷彿滿懷心事，神思不屬。往常，有想不通的東西，都會向她傾吐。有時，她也偶爾會提供一些意見，她猜想除了糧食問題及水源不繼令他心煩外，必然也有其他的困擾，是不願她知曉的。那麼，那些耳際傳來的風言風語，倒不是純粹的空穴來風啦！

說不介意丈夫的任何行為那是自欺欺人，但由於對丈夫的理解，她明知的事也裝成淡然，在沒有確實證據前就大吵大鬧，除了惹人討厭外，也徒傷感情。

以前在工廠，不也從他的工友口中聽聞那位越南女秘書纏著他嗎？可是，他生活依然正常，早出晚歸，對家庭子女的關心重視並無減少。十幾年的婚姻生活，對於一個責任心重的男人，除去愛情的承諾外，更有做父親的天職。丈夫是一個重感情的人，他的心腸軟，這是難免令她不安；後來在鬥爭會上，那女人居然冒險為他辯白，以至使他至今天依然耿耿於懷，他無從報答那份紅顏知遇之恩。曾經在她面前哭著傾吐對明雪之內疚，一份無可奈何的傷情，她陪著落淚，陪著嘆息，也充滿對明雪的關心，她像聽一則動人的故事，完全沒有妒忌。

丈夫沒有錯，那個可憐的女人也沒有錯，只要並非存心犯罪，一切自然的人與人之間的真情都是令人感動的。她知道了有關明雪的存在，竟然裝成毫不知情的樣子，因為她相信丈夫的為人，她不想有任何難堪的場面出現在夫妻二人世界裡，她曾經告訴元波：

「將來無論那一天，如果你的愛已經死了，只要坦白告訴我，我會悄悄的離開，絕不會勉強你。」

她講話時認真而執著的神色深深地感動著元波。果然，在她到勞改營地探望他時，元波將明雪對他那份癡情一五一十的坦白。她心境很平靜，因為有愛，愛到深時濃時是能夠包容天地，包容心愛人的喜怒哀樂。她多麼想去找明雪，希望親自向她道謝，感謝她對自已丈夫的那一份愛。可惜，直到離開，都無法如願。

現在，第二個「明雪」竟又出現了，她決心要幫助丈夫，在他為整島人的生死存亡而承受重大壓力時，她不忍心他再負擔心靈上的任何痛苦。她向丈夫試探過，元波巧妙的避開她的問題，她是很生氣，生氣的認為元波太不了解她，他依然把她看成那類爭風吃醋的女人一樣。

一早到山上撿柴，近山的枯枝早已被砍光了；她沿著山徑遠遠行去，涼涼的風使到她精神一爽。她掛著微笑，心情好愉快，畢竟自己是一個最早到的人，這一片綽綽約約的樹林，枯枝多的是，不必花時間包管可以滿載而歸。她哼起粵曲小調，彎起背撿拾，身旁忽然傳來人聲：

「黃太，妳早。」

「早啊！」婉冰抬起頭，意外的發現居然是盈盈，有些意外的說：「喲，是妳。」

「我每早都在這裡找枯枝，妳的腳好了嗎？」

「好了，謝謝！妳一個人出來？」

盈盈頭點著，望向婉冰，一絲沒來由的妒意竟湧現；生了幾個孩子的女人，依然還是那麼嬌艷嫵媚，成熟女人的風情，在她眉睫眼角展顏笑意裡處處流露。

婉冰也打量著她，個子高矮和自己相當，臉上五官端正，膚色較黑，厚厚的唇，粗粗的濃眉，剛毅神色少了女性的溫柔面。一個沒有予人美感的女性，婉冰搖搖頭，彷彿在否定一件荒唐的事似的。她內心暗想，明雪比她清麗秀美，丈夫形容時口氣中有份讚賞，卻也沒被迷惑走，何況是這個女人？

「多謝妳幫黃生的忙，妳很能幹啊！」婉冰淺笑的說，語氣溫溫和和。

「哪裡！我只是向他學習。」

「唉！他忙到連家都不管了，我是不贊成他老是做這些吃力不討好的公家事！」

「他很偉大，幸虧他挺身而出呢！」盈盈坐到石塊上，婉冰也在另一塊平滑的石面上坐下了。

「他也是一個平凡人罷了，只是有責任感。」婉冰心裡閃過甜甜的滋味，丈夫的作為，備受稱頌，做妻子的自然引以為榮。

「他很有責任感，是真的嗎？」盈盈驟然起了強烈的反感。那晚事件，為什麼他敢做又不敢認？她咬著唇，聲音冷冰冰，臉上泛紅。婉冰注視到她的變化，心中奇怪，不覺問道：

「李小姐，為什麼妳會懷疑他的責任感呢？」

「不是懷疑，是感受。」她仰起頭，一臉挑戰的表情，和先前的友善有了顯明的不同。

「妳對他有成見？不然怎麼會如此說呢？」

「不是成見，是事實。」

「怎麼講呢？」婉冰很感意外，元波的重重心事必定因她而起了。

「不講了，不關妳的事！」

「怎麼會不關我的事，他是我的先生！他為人重感情，重言諾，對朋友對家庭都講原則，重視責任。我們結婚十多年了，有誰比我更了解他呢？我們夫妻無話不說，他從來有什麼事全不瞞我。」婉冰越講越高興似的，完全是一位賢妻對良人百分之百滿意而自然流露的神情。盈盈卻越聽越不是味道，內心一陣酸楚，沒來的妒意又泛現，再也忍不住的冷冷地向她潑過一把水，宛若這句話就會把她濺濕：

「包括和我的事嗎？」

「是的！我本來就要找妳談談。」婉冰平靜到一如在講別人的事，盈盈潑出的冷水不意反濺了自己一身，她絕沒想到婉冰真的早已知曉，心底的羞愧以及委屈和被擊敗的感覺揉雜在一堆，淚水竟難自控的滾落。

「妳怎麼啦？」婉冰意外的有點不忍的顯得不知如何是好，這個外表剛毅的女人，竟會說哭就哭了？

「那晚和我分手，我朦朦朧朧的睡著的當兒，他又摸進帳篷，因為我喜歡他所以沒有反抗，沒有掙扎；後來他卻反口不認，他就是妳口中盡責任的人……」盈盈抽泣著繼續的揭出那夜的醜事，她要報復，要反擊，絕不願這個幸福的女人完全佔上風。

「他不是這種人，妳口口聲聲說喜歡他、愛他，可又為什麼要陷他於不義呢？」婉冰有一點吃驚和氣憤，她不明白，一個女人為什麼會那麼隨便拿自己清白開玩笑？她生氣的再說：「李小姐，妳還沒有嫁，這些話不要亂講吧！」

「我為什麼要亂講？是真的啊！」

「不……不會的，假如是真的，他就要對妳負責任。」

「我恨他不承認，我明知他已有子女，絕沒想要破壞他的家庭，我自己是一廂情願的；沒想要他對我負責任。我很傷心，是我看錯了這麼一個人。」

「妳別激動好嗎？妳說他摸進妳的帳篷，後來又不承認是嗎？」婉冰注視著她，像要從她的眼色中捕捉她的話是否隱藏些什麼秘密，她說：「這怎麼可能呢？他再狡猾也講不出這種謊話啊！」

「我不明白為什麼他敢做卻不敢認？」盈盈說。

婉冰心裡苦苦澀澀地，由於元波這幾天魂不守舍的樣子令她不再懷疑，先前鎮定從容的態度剎那間蕩然無存。千萬種難以訴說的悲傷驟然湧至，被深愛的丈夫背叛的打擊，像天雷般出其不意的捶打下，使她搖搖欲墜，一陣天旋地轉，她趕緊抓穩了石塊，淚水竟再難控制，滾滾流瀉，她咬著唇，不然也會痛痛快快的哭個夠。

盈盈沒有想到，三言兩語就完全戰勝了這個嬌柔的女人，但看到她奔湧的淚水，竟無半分快感，手足無措的悲從中來，只想陪她大哭一場，她怯怯地說：

「黃太，對不起！我不應該對妳講這些話。」

「對不起的是我，我不能約束丈夫而至令妳受害，我會為妳討回一個公道的。」婉冰用手拭去淚痕，心情凌亂，一時間理不出頭緒，覺得眼前的女人很可憐。她無法瞭解，一個女人怎麼可以隨隨便便讓男人爬伏到身上去，奉獻犧牲，把一生的幸福和貞操交出來，就算是愛嗎？她完全沒想到元波已經和她進展到這個階段，氣惱得手腳冰冷，她從來不會恨人，而如今恨意竟如潮水四面八方一排排地湧來，她恨死了元波。令她傷心欲絕的是面前的女人沒有一點可以和自己一比，居然在一交手就連人帶心的把她的丈夫奪走，十幾年的婚姻如此不堪一擊嗎？她不甘心，有千百種的理由不甘心，而這個女人就立在她跟前，哭著指元波不負責任，這是事實，千真萬確的事實啊！

婉冰柴枝也不撿的踉踉蹌蹌的白著臉，失神喪魄似的奔下山。

太陽已經升上來，盈盈將臉埋進臂彎，她忽然怕陽光，本以為對她挑戰會引出一場爭吵，結果卻大出意外；她驟然靈光閃現，終於明白了一件事，這些日子他始終坦坦蕩蕩，對自己無動於衷，原來是有位這麼柔順明理的好太太。可是，那晚又為什麼會摸進來，佔有了她，是一時衝動，完事又後悔而至不敢承認了，必定是如此。哼！偽君子啊！你的假面目終於穿啦！看你怎樣面對太太？盈盈想到了元波面對太太時的難堪情景，有種報復的快感，迎向陽光，高高興興的去撿拾柴枝了。

婉冰寒著臉走回營帳，元波正好要出去，她瞪了他一眼，默默地跟著他，走到帳外，元波忍不住先開口：

「妳不是去拾柴枝嗎？」

婉冰不答他，用手指指前邊，繼續向水源處行去，萬道金光照耀著海面，天空的雲彩，奪目燦爛，美到令人驚心動魄，幾乎不敢睜眼。

「有事嗎？」元波站定後，再次發問。

「你的事我都知道了，我想你坦白告訴我。」婉冰壓抑著傷心，望著海天的七彩，冷冷地說。

「我不明白妳指什麼？」

「何必要我點明呢？我剛才和李盈盈談過了。」

「她？她和妳講了些什麼？」元波泛起苦笑，這幾天的不樂，正是給她莫名其妙的指責一通，他到今天依然不曉得發生了什麼事？現在，又輪到太太了。

「明人不做暗事，你敢做又不敢認，算什麼呢？」婉冰生氣的提高了聲調，語音尖冷，一反平時的甜膩。

「她這樣說，妳也會這麼講我。唉！婉冰，全世界的人都可以誤會我，獨獨妳不可以，妳怎麼啦？」

「沒有任何女人會拿自己的清白開玩笑，那是事實，不是誤會。」

「我不想爭辯，但我可以對你說，絕不知她是何居心，要拿這種荒唐的事胡鬧，我從沒有做那無恥之事，信不信由妳了。」元波的氣被迫出來了，他一直沒有向婉冰講，是怕惹出誤會，直到今天他依然不明白，盈盈為什麼會冤枉他。

「我向來都相信你，這次，叫我如何去信呢？假如不是你，她為什麼會咬定你？」婉冰說。

「要是我知道，這幾天就不必耿耿於懷了。婉冰！請妳再信我一次，必定會有水落石出的。她曾經是女越共，是否有意害我，或者有什麼陰謀也難說，我不告訴妳，是怕妳擔心。」元波恢復了平靜，語氣誠懇。

「她不像，剛才和我談起，怪可憐的，我要你還她一個公道。」

「我被冤枉的，我們十多年的夫妻啦，難道到今日妳仍不了解我？」元波痛苦的說，心裡絞痛，他沒想到賢明的太太也會糊塗起來，他拉起她的手，溫柔的說：

「假設她要害我，確是水洗不清，但我心安理得，重要的是對妳無愧，我什麼也不怕。」

「她不像是開玩笑，而且這也不利於她，為什麼要這麼做呢？」

「假如妳是男人，明雪和她，你會要誰？」元波忽然問。婉冰想也不想的就回答：

「當然要明雪啦！」

「我兩個都不要，只要妳。」元波真誠的語氣，坦蕩的神色，婉冰已經再次恢復了對他的信心，但也存留百思難解的疑團。

「她為什麼要害你呢？」

「我只是假設，並不是肯定說她要害我。那晚我失眠，獨個兒走到海邊，巧遇上她，彼此聊了一陣子，向她告辭後回來睡，卻被叫出去。阿輝和老蔡出海求救，等到他們平安歸來，已是凌晨，我返營倒頭就睡了，她卻硬說我再回到她的帳裡，真是豈有此理。」元波把始末講一遍。

「她親口承認很喜歡你，很愛你，只是恨你敢做不敢認，她倒不要你負責呢！」

「唉！她要怎麼講，我是真正沒法子呢！」

「你小心吧！有些是非是惹不起的，我也很煩惱。」婉冰的心情平靜了很多，畢竟是十幾年的患難夫妻了，對於丈夫的性格與為人，說實在是沒人比她更清楚。堅定的信心和情愛，也就不必太理會一些風雨，望著朗朗晴空，心裡的陰霾似乎也給晨風掃走了。

28

假如能夠以度假的心情看待島上的生活，那麼倒是一種難得美妙的經驗。處身現代繁忙的大城市，人們除了奔波追逐名利外，每個人都被網在特定圈子裡。上下班，趕公車，回家則面對電視機或戰四方城，呼吸到的都是被文明污染了的空氣，人本來的靈性都隱埋了。示眾的五官只是一張經過訓練的假面目，五光十色的都市裡，人人身不由己的陷進時間及金錢的掌握中掙扎求存，究竟是人役於物或物役於人也就難解了。

荒島上沒有聲色犬馬，金錢與時間均被排除在這個仿似原始的社會裡，人們沐浴在大自然的懷抱裡，背山面海，享受日光月色，早觀朝露晚聽濤。拋開名韁利鎖，人人回復本來面目，哭笑都發自內心，返到童真世界去，也唯有在自然原始的生活裡才能實現。

可惜沒有人能夠破執，逃難畢竟不是渡假，從原始進展到現代容易接受，也是理所當然的追求。由現代被打回古老，卻難於忍受諸多困苦，恐懼慌怕之情也就滋生，在無可奈何中度日如年。空閒，無所事事，所謂「山中日月長」，原來道理在於此。

由於水艙的存量減少，飲用水分配被迫減縮成每人半公升，這個配量一實行後，除了不知天高地厚的兒童們外，大家莫不憂形於色。而工作組裡的人承擔著更大的憂慮，阿志報告說發報機的電源已呈現衰弱了，這個秘密是不能宣佈的，以免引起不必要的騷亂。元波五內如焚，卻又不得不裝成樂觀的樣子，在大家面前依然談笑風生，任誰也看不出來他的煩惱比全島的人都要多呢！

夜裡輾轉難眠，正當他思潮起伏彷徨無計時，外邊守更者忽然示警，接著人聲擾攘，元波一翻身也匆匆的趕出營外。

在海邊火光照耀裡，七，八個黑黝黝的人被大家包圍著，他們都只穿了一條短褲，赤露上身，肌肉纍纍，慓悍無懼的背貼背瞪視眾人，嘴裡也嘰嘰咕咕地說個不停。元波來到，越眾而出，看見他們赤手空拳，看來不像海盜，懸著的心終於放下大半，元波對站在附近的阿德說：

「煩你快去找小李來！」

阿德返身就跑，瞬眼間小李已趕到，向著那班不速之客嘰咕一番，然後對元波說：

「黃生，他們是打魚的看見火光上岸探個究竟，主人在漁船上。」

「請他上來，我們有事求他幫忙！」元波聽到是漁船，心中一喜，希望能和船主傾談。

小李翻譯了元波的話，他就由兩位漁夫相陪走到海裡，不遠處的小船靠近了，船內出來的人膚色較白，一看就知道不是印尼人。果然，他一見元波時，竟用潮州話自我介紹：

「我姓許，是印尼仙丹島的人，這班番仔是我的夥計，你們為什麼會在這裡？」

「許先生，很高興見到你。我姓黃，我們是越南逃難出來的，已經困在這裡十多天啦！」

「全部是中國人嗎？」

「幾乎都是。現在我們的飲用水快完了，你可以接濟飲用水嗎？」

「這麼多人真是沒辦法啊！不過，我船上的魚可以統統給你們。」他邊走邊說，又用印尼話對漁夫們講幾句，他們就奔向漁船，來到島上，他指指南極星號說：

「黃先生，這條船是你的嗎？」

「不是。我們的船長也在島上。」

「好極了，請介紹我和他認識，我們可以有交易了。」許先生興奮的神色洋溢臉上。

「交易？」元波有點迷茫的望著這位滿腦生意經的人，宛如他是外太空來客，講著和地球人類全不相同的語音。

「是啊！」許先生拿出香煙，遞一枝給元波，自己也抽出一枝燃點，再接口說：「貨輪已擱淺了，我想買了它，不是交易嗎？」

「許先生，你買破船有什麼用？」

「叫我老許吧！買了把船拆散再賣出去就能賺錢。」

「噢！沒想到破船還能賣錢。來，我帶你去見船長！這邊行。」

由於來客不是海盜，元波已指示坤培和海盜張不必嚴密的監視，讓他們在一個特定的地方休息。元波把老許介紹給李察，沒想到李察興高采烈，宛若在荒島上忽然發現了金礦，從此美夢成真的歡喜著，居然立即談起「交易」條件，元波遂成了臨時翻譯。李察說：

「許先生，我的船可以送給你，只要你幫我一個忙。」

「很好，你要我做什麼？請說清楚吧！」老許不愧是個生意人，明白天下沒有免費午餐的道理。

「等黃先生的人可以離開這裡時，你把我和水手們載到新加坡，就是這麼簡單！」

「好！但是我要你寫下一張證明書，說明貨輪已歸我所有，方便我將來拆船免生麻煩！」

「OK！我們上你的漁船時交給你，好不好？」

「好，我們一言為定！」老許伸出手，李察笑吟吟的和他相握，彷彿這一握就不費吹灰之力的打開金礦的礦坑，這種古老而有效的方式竟會在現代重現，是很令人意外及感動。

元波等他們完成了「交易」儀式，向他們雙方祝賀後，面對老許說：

「老許，這段等待時間，你的夥計們反正有空，可否請你每天出海打些魚？接濟我們。」

「可以！反正也無事，舉手之勞可以令大家有魚吃，捕到多少都搬上岸由你分配。」

「謝謝你，我代表全島難民感謝你！」

「不必客氣了，我們都是中國人嘛！看，魚來了，你去分吧！」

順著老許的手勢，果然看到印尼漁夫已經涉水抬著兩大籮筐海鮮行上岸。圍觀的人高聲歡呼，拍手叫好，老許先抓起兩條滾圓的肥魚拿給李察說：

「船長，我們一起吃烤魚，滋味鮮美，頂好享受呢！」

「好！黃先生等下也來一塊兒吧！」

「謝謝！我先把魚分了再回來」元波說完，就叫人通知各組組長們，立即動手將兩大籮各色各類奇形怪狀的魚均分，半夜已睡去的人也先後被沸騰的吵聲弄醒了。家家戶戶都收到了一至兩條魚，逃難以來幾乎已忘黑的美味，忽然午夜間有魚可分，幾疑在做夢。在星光下烤魚，香氣隨風飄送，原本想把魚待天明再吃的人，也忍不住那腥香混雜的誘惑了，於是紛紛燃燒柴火烤魚，元波的睡意也全消，魚分完後，偉堂推推他鼻樑上的眼鏡，悄悄地問元波：

「黃生！這班人來歷不明，要不要叫守更的兄弟照舊看守他們？」

「我已囑照了老張暗中注意，別太緊張？我們也不能得罪他們，老許應允每天都捕魚接濟我們呢？」

「如果他把船長他們載走，怎麼辦？」

「那也沒法，我們除了沒魚吃，並無損失。要知道不給李察走，是不能讓他駕走貨輪，我們要的是輪上的飲用水和電報機，如今他們能由老許載走，我們已不必留難了，是嗎？」

「是！希望我們也早日離開！」

「別太擔心啦！吉人天相，離開荒島只是遲早的事而已，吃魚去吧！」元波說完，和偉堂一起行至船長那堆人附近，老許總取了七八條魚來烤，他也坐近李察身邊，大家好像是老朋友似的，在一片魚香裡邊吃邊笑。

元波把魚肉放進口裡，不免憶起在西貢河畔吃烤生魚的情景，大家排排坐在小木椅上喝啤酒，等著魚販把生猛活魚在炭爐上燒烤。南越是魚米之鄉，海產豐富，人民生活幸福快樂，夜生活多彩多姿，街邊小吃販林立，而河畔吃海鮮的特別風味更吸引著人。沒想到，越共君臨後，河山色變，人民「當家作主」原來是成了黨的奴隸，河畔烤魚的小販也被驅趕下鄉，繁華夜色已黯然。

如煙往事不再，而今竟會在荒島上和一群素昧平生的人共食烤魚，人生的際遇真是有時連做夢也沒法會夢到的啊！由於老許是客人，也是漁船的東主，他要拿多少尾魚來烤都是理所當然。故此，這堆人的魚也就特別豐富，元波津津有味的吃到飽飽的，看見火堆邊的魚還多，也就不客氣的拿了半烤熟的，他微笑問李察：

「船長，我可以多要這半條魚嗎？」

「哈！當然，還要問我，拿去給女朋友嗎？」

「不是給女朋友，是給女兒。」

「你的寶貝女兒早睡啦！給太太吧？」

元波臉上一紅，無意中被李察講破心事，靦腆的一笑，站起身便自走了。

「喂！你們看，Mr. Wong真是好丈夫呀，吃魚也想著太太，哈哈……」

附和船長的笑謔，像爆竹點燃後急速炸出一串刺耳之聲，元波把爆笑拋在腦後，拿了魚興沖沖回帳篷裡，不意婉冰早睡了，他搖動她，悄悄地說：「起來吃魚！」

「唔！你別回來，找她好了。」婉冰翻身，彷彿說著夢囈，元波再輕輕地推她，終於揉揉眼皮醒了，她不高興的說：

「吵醒我做什麼？」

「吃魚啊！好香呢！是不是？」

「怎麼會有烤魚？」

「有艘漁船來到島上，送給我們很多魚，這是船長那兒烤的。吃吧，冷了就腥。」

「為什麼不拿去給她？」婉冰接過半尾烤魚，望著丈夫，試探似的說，先前夢境令她很不舒服，猶有餘悸。

「誰？」

「還有誰？當然是她啊！」

「妳又來了？她和我沒任何關係呢！」

「哼！我剛才做夢你和她偷偷的接吻。」

元波心裡一驚，那次糊裡糊塗的在船上確是吻了盈盈，他不敢告訴太太，內心總有個暗影，犯罪的感覺時時無端襲上腦際。猶如處女的眼睛無意觸及色情影片，被人發現有當眾失貞的羞愧，背地裡卻按捺不住要去想想那些影片的動作。他當時情難自禁，迷濛中以為是明雪，及至清醒，心生疚意；從此見到盈盈或在太太面前，都像個做壞事的孩子，不敢抬頭仰視。他數次想對太太坦白，但又怕婉冰不能諒解。自從盈盈硬指他黑夜侵犯後，更加不敢提了，有些誤會是水洗也不清，還是把它埋在深心為妙。不料她在夢裡竟也會發現，多麼令他惶恐啊！

「妳的夢也怪，反正沒那種事。」

婉冰嚼著魚，吞了後再說：

「我總想不通，你和她若無瓜葛，為何誰也不講，偏偏要說你呢？」

「她不是已告訴過妳，說什麼喜歡我啦！我怎麼能制止別的女人對我發生感情呢？妳也不能制止別的男人戀慕妳，是不是？」

「可以主動避開啊！你剛才有沒有去找她？」婉冰忽然又扯上一句試探的話，心裡七上八下希望答案是絕對的否認，又怕那是假話。

「當然沒有，妳為什麼會胡思亂想？」

「不是胡思亂想，是敏感，愛情是不能容進一粒沙的，明白嗎？」

「愛情也要互相信任，疑神疑鬼什麼意思都沒有啦！」元波躺下來，握起太太的手，輕輕的搓揉，婉冰把頭伏在他的胸脯上，悄悄的說：

「你假如那晚糊塗，就要對人負責，我把子女帶到美國，你跟她好了。」

「唉！要我怎樣講妳才肯相信呢？真的不是我啊！」

「逃難到現在，我們都沒有過夫妻生活，你也許忍不住，是不是？」婉冰神思飛馳，依然念念不忘夢中丈夫和盈盈親熱的幻景。她心酸酸，想起盈盈親口講述被元波侵犯的神色，一時三刻，總無法完全相信丈夫。尤其，曾在一些婦女雜誌讀到男人的性慾易衝動，生理上和女人完全不同。兩人朝夕工作、單獨相對，午夜無人有機可乘，甚至是女方主動誘惑，那麼他自然反應，也說不定啊！

「傻瓜，逃難期，怎麼會想到那些呢？沒有私人空間，忍不住也要忍啊！我像一個強姦犯嗎？」

「強姦犯又沒有特別記號，通姦也說得過去呢！」

「妳也不想想，通姦的話她才不會對妳洩露呢！」元波又好氣又好笑，也有排除不了的苦惱，十多年的婚姻生活向來波平浪靜，直到明雪出現，在那段日子裡，由於中國傳統道德思想的約束，「朋友妻不可戲」的觀念深深烙印在腦海裡。明雪雖是異族女子，熱情奔放，加上越南人受法國浪漫文化影響，以至對男女愛情、婚外情等等都開放大膽，主動示愛，他依然無動於衷。

對朋友對太太都做到問心無愧，可對天日的光明磊落。雖然直到明雪為他不惜得罪越共，後來更淪落風塵，內心對她始孳生一份由疚生愛的情愫。這份深心的感情波動並沒有影響到夫妻間的恩愛，沒想到在荒島卻會出現信任危機。

「你不是說她做過越共嗎？誰知道她打什麼主意？她故意洩露也不出奇啊！」

「妳要鑽牛角尖我也沒辦法。」

「我是在推理，你別忘了，我是你的妻子，那有做妻子的聽到丈夫侵犯別的女人會無動於衷呢？我沒有大吵大鬧不是比別的女人明智嗎？」婉冰輕聲的說，語音裡有份因為自己的自制而感到驕傲的味道。

「是的，不然我怎麼會娶妳呢？」

「哼！現在不要還來得及呀！」元波說完，移動身體，把伏在胸前的太太慢慢移到地面，側身把嘴唇緊緊的貼上她多話的口，魚香仍留在舌尖齒腔裡，已經許久沒有擁吻太太了。婉冰兩手掙扎，下意識想推開丈夫，好像是被陌生男人突襲那般起了自然的抗拒；但舌頭一被接吮，全身鬆軟乏力，兩手反而繞過他背後，把他熱情的擁緊。一股熱流沒來由的從丹田升上，血液快速奔流，呼吸急喘，全身滾熱難當，呢呢喃喃的腦裡一片空白。元波也渾忘天地，盡情的吻著太太，彷彿缺氧的人一旦可以自由張口，就再也不放過新鮮空氣，拚命猛吸。一種本能無法拒抗的令他的呼吸也加速，竟忘了這是荒島，忘了營地是公眾地方，也無視小兒女都躺在身邊。心中慾火焚燒，像一頭飢餓的狼低吼著，對著目標，再也不會輕輕放棄了。

忽然間，雷聲轟響，閃電劃過夜空，照亮了營帳；元波如被雷殛似的從高高的山峰上跌下深淵，他放開了婉冰，剎那中焚身的慾火全被雷電消滅了。

29

盈盈自從對婉冰公開了她被元波侵犯的事，當時那種報復性的快感消失之後，代之而來的是一份無法排遣的空虛及失落。對元波由愛生恨，在恨意中又糾纏著難以拒抗的思念，如此愛恨交織的在她心裡結成一張網，她猶如一尾魚，心甘情願的躍進網裡，才驟然發現網中天地並非可以遨遊；於是掙扎的亂撞亂碰，想衝出網外。從此，遠遠地看到元波，她就繞道而走，她傷心的並非無緣無故的白白給他佔了便宜，而是自己一番相思竟無著落，只要他敢做敢當，坦承情難自禁，她也會完全原諒和理解。愛是奉獻，無私無求的獻出一切，一旦自己把身心全交出來，他才無情狠心的推諉，怎不叫人齒冷呢？

她早已不是純潔的少女，多年前在為「革命需要」而被迫把冰清玉潔的身體任由越共指戰員阮安出沾污。當時傷心氣惱過，但在滿腦子抗美鬥爭，為革命犧牲的崇高理想中，生命的意義是達到推翻美帝扶植的阮朝偽政權。肉體的外在行為，同志的友情，男女肉慾既成為眾多革命要求的其中一種「需要」。加上其餘的女同志們傾心相告，黨雖然三申五令不能亂搞男女關係，但在「革命需要」的大前提下，同志間彼此相就或為領導同志解除煩惱，都是自然而光榮的一種行為。她們都可如此，自己又何能例外呢？

以後，性慾竟成了一種不經思考的被動習慣，好像吃飯睡覺那麼自然。但在同志間滿足生理機能的運作裡，她從來沒有燃燒過自己，也向來沒有反應。作為女人，她以為無非張開雙腿，讓男人完成發洩目的。她討厭被壓住身體的剎那，忍受異性那陣瘋狂的衝刺。一些女同志在閒聊時告訴她是如何愉快滿足的享受，她無從相信，宛如瞎子沒法相信電影存在似的。因為她從來沒有由於被異性衝刺而有那類所謂快感的經驗，她是不明白也不想去理解。

給元波侵犯，並非她重視被污辱，而是那一次，竟是生平有了反應，像瞎子忽然見到光亮的驚喜。心裡充滿了對他的愛念，如癡如醉的幻想中他真的摸上來？慌張、快速氣喘的過程，她忍不住要呼喊，她像被拋上高空飄飛的感受，四肢百骸彷彿全不屬於她所有。她擁有的只是被她緊緊摟抱著的他，高潮快感如電，流遍全身，她咬著牙，害怕左右營帳的人聽聞她的呻吟。她想大叫大喊，痛痛快快的把歡樂傳達開去，以前討厭的那種衝刺，居然令她欲仙欲死，她多麼在乎啊！這種生平沒經歷過的滿足。

盈盈輾轉地躺在沙地上，神馳於那次奇異的經驗；她念著想著元波，愛恨的心思交纏著，她迷濛地壓抑著一股燃自體內難當的燠熱，黑黝黝的帳中她感到自己臉紅，經歷了無數次不同男人的擁抱，活到這把年紀，以前女同志們講起而泛出喜悅的話題，果然全是真的呀！她不明白，為什麼要到那一晚，快感才會驟然出現在自己身上？

率率的輕微聲音裡，黑暗中盈盈身邊又已躺下了一個人，一側身就緊緊的壓在她身上，嘴唇找到她溫熱的小口。在她驚異、期待、反應前，已被熱烈的接緊了。她好像是在夢中，熱流奔湧，等到嘴唇的壓力消失，她睜大眼睛，但無法看見，幽幽的說：

「是你！」

「……」男人滾熱的手掌替代了回答，在她身上任意的撫摸。

「唉！你為什麼要否認呢？」盈盈推開他的手，男人掙扎著，嘴唇狂亂的尋覓著，吻遍了她臉上每一吋的地方，盈盈東躲西閃，欲拒還休。

「咦！上次妳都給了，為什麼今天不合作呢？」

不是元波的聲音，盈盈大吃一驚，下意識的出力一推，但伏在身上的人並沒有推開，反而緊緊地握住她的手。

「你是誰？」

「妳以為是誰？是和妳有了關係的人呀！」

盈盈掙扎著，他摟緊她，狂吻如雨，一股熱又自丹田上竄，終於難自禁的放鬆自己，盈盈漸漸地任由他愛撫，任由他的手上下活動，再一次沉浸在被他衝刺而帶來的快樂滿足裡。

她喘著氣、呻吟著，在心底輕輕地一遍遍的呼喚著元波；高潮如波濤，把她拋上去又滑落，她緊緊地環抱著他，迎合著起落的衝刺。是不是元波已經變得不重要，她沒有思想，腦裡空白一片，只有強烈的享受官能的刺激。

一道閃電劃過，接著又一閃而逝，在電光裡她望到面前的人果然不是元波，五官方方正正的一張並不討厭的臉。這個平時沉默寡言的青年瘋起來比一匹野馬更難乘騎，盈盈閉起眼睛，身體配合著他的節奏。在雷聲裡，在濤聲中，她放浪的呢喃著，呼喚和呻吟著……

雨滴淅淅瀝瀝，先是一兩滴的落下來，風聲雷聲交疊呼嘯，像誰在開水龍頭，由小到大的慢慢轉移。終於，頂點扭盡，滂沱大雨嘩啦啦的傾盆而倒下。全島的人都醒了，婉冰把身體弓起來，明明躲在她的軀體下；阿美、阿雯每人拿一個康元空餅罐擋在頭上，但雨珠忽而從橫而掃，忽而斜斜潑打，有時又在背後淋下，全無定向，喜怒難則。天庭的大花灑畢竟不是浴室裡的花灑可比，落下來的水又受風左右，也就飄搖無規則了。

沙灘上守更者燃起的兩堆火早已熄滅，除了閃電劃過夜空而照出蒼白陰冷的光外，島上已陷進了一片黑暗裡。

風雨中不知是誰好心的大喊：

「喂！大家快裝雨水啊！」宛如都在睡夢中忽然被鼓聲驚醒了，原本畏縮在一堆躲雨的人立即歡呼起來，摸黑的尋找著一切可以盛水的容器，笨手笨腳的行動。自從水艙存量大減後，飲用水成了一大隱憂。這兩天配量縮到每人只有半公升，在赤道的苦熱裡，人體缺水將是件危險的信號。

許多人一邊設法盛雨水，一邊仰臉向天，張開了口，痛痛快快的讓冰涼甘甜的雨水落進嘴裡。對於缺水的人來說，仰臉飲雨水無疑是喝甘泉。風聲雨聲浪濤聲裡，如今加上了許多不甘寂寞的人聲，島上破破爛爛的帳篷根本不中用，赤道狂風暴雨，人人早已都成為落湯雞，全身濕淋淋。那份狼狽倒也沒人在意，大家同病相憐，一起淪落荒島，脫離了文明世界，原始部落在沒有衣服時還不是大家赤裸相對，習以為常也就見怪不怪啦！黑夜裡，婦女小姐們通體貼衣透明的尷尬無人看見，縱然閃電亮光，也無人專注，盛水的熱潮後，大家不但無事可做，也竟都無話可說了。

沉默時刻，忽然傳來驚呼聲，在難耐中大家反而精神一振，熱切地相互探詢究竟發生何事？有的發問也不在乎答案，只想找些話，彷彿有話可說才能證明仍活存在世上似的。夜雨悽寒，靜寂的人被折磨著，都急急於想衝破恐怖的心境。

驚呼聲後是一片急切的話音衝入雨幕，坤培及海盜張的嗓音竟破空而至，他們呼喚著前灘的人撤退。原來潮水上漲，住近海邊的帳幕都得遷移，黑暗中呼兒喚女雜著咒罵語聲，東碰西撞。原本冷靜的世界忽然熱鬧沸騰著，潮水淹至腳踝，往後移也要照顧全家的財產。那陣忙亂恐慌，有如戰爭時期，三更半夜裡門前屋後冒出了許多越共，家家戶戶在熟睡中驚醒，匆匆收拾細軟準備奪路而逃。當時的細軟無非幾件日常衣服及貴重的金飾、現款。而如今的「財產」卻是文明世界時被視為廢物的瓶瓶罐罐，和一些早已全濕的衣服。

如不搬移免不了會被海水捲走，這些財產對身處荒島的難民有如第二生命。因此，在一片嘰咕的吵雜裡，主要的都是在為搶救這些財物而努力。移動時踏到人或者碰撞東西，三字經和各種粗言穢語起落飄忽的混進耳膜裡，沒有人認真，沒有人在意，誰也看不清誰，不管操誰的娘，幹誰的媽，反正也不知指向那一個人。

但熱熱鬧鬧中可以出出氣，粗話竟似流行病般傳染開，娘子軍居然也加入了，她們吐出口的竟也各色各樣。可笑的是，也沒變更性別對象，這些娘子軍咒罵粗話時潛在意識必也以男人自居的，故沒有一句是把爺爺或爸爸作為對象。可能是聽慣了男人世界的「國罵」，一時三刻沒法創造出適合女性口語的污言，也就沿襲了男人的說法。聽著吵著亂著中，原本悽涼的心境，倒可渾然淡忘。凌凌亂亂嘈嘈吵吵，和老天爺鬥了整晚，不知是誰先鳴鼓收兵，雷電早已不現，暴雨漸止，花洒的水珠只剩點點滴滴，終而滴水不落了。

海濤拍擊奔波到倦了，也乖乖地變得溫柔的輕輕推送水花，東方海面水平線上，顯出了微微光線，像哪個頑童偷偷點了盞小燈，怕給人發現般的用手遮住光源，等到無人才一下子壯著膽把燈放到檯面，海天驟然明亮了。

元波在晨曦裡放眼望去，近灘邊的帳篷七凌八亂，整個島上像古戰場；東歪西倒的營地已不成形，四處都是濕濕淋淋的。許多人不管一切的拿著容器，小心的把帳頂積水收放進去。阿美姐妹和明明早已睡去了，元波把他們身邊的康元餅罐拿來，學習別人的方法，看到積水的帳篷，就把雨水倒入罐裡。

到處的人都無精神的或蹲或坐，一場風暴過去了，人人筋疲力倦，又冷又餓，撿視身旁的東西，沒有一樣不沾滿了老天爺的眼淚。

前灘傳來了哨子聲，偉堂又開始了他晨間的工作，元波匆匆趕到，見面就說：

「偉堂，你昨夜有裝雨水嗎？」

「早安，黃生。我媽媽裝了好多呢！」

「相信大家都裝了不少，今天不必派水了。叫他們做清潔工作，幫幫大家重新紮營帳。」

偉堂推一推眼鏡，敲了自己腦袋，展露一個純真的傻笑，他真的全沒想到，昨夜的風雨，雖然令大家不得安睡，都變成落湯雞，卻也是老天爺可憐這班難民，把大量的飲用水及時送來。

「對啊！明天也許還不必分水呢！」偉堂高高興興的笑著走開去指揮工作隊。

元波瞧向天邊，一輪紅彤彤的太陽又冒出頭，把光和熱慷慨的照向荒島，天上彩色鮮艷的雲片動也不動的把美麗懸掛著，清風微拂，多感人的一個好日子啊！

元波快快樂樂的吹起口哨，一想到大家都裝滿了雨水，心情的悒結彷彿也被昨夜的風雨掃光了。

30

盈盈睡醒了，嘴角依然掛著一個淺淺的微笑，像嬰兒飽乳後仰望母親施展的甜美姿容，是感激和滿足心態的自然流露。

那道閃電無情的粉碎她的夢，竟然不是元波，遺憾之感油然而生。她本能的拒絕掙扎，但並非激烈，無非是作為女人矜持及自尊反應。曾經被他佔據了一次，當時迷糊中始終念著元波，竟至全無反抗，且享受到體內燃燒的飢餓感。

她不明白那些女同志們竊竊私語時觸及這類話題，把它誇張到如仙般的一種無上享受，她無從知道「仙女」的快樂，也自然沒法了解她們所謂「享受」的滋味是些什麼？免不了好奇，向她們探問究竟，不是惹來謔笑就被她們玄之又玄的形容弄到全摸不著邊緣。而且人言人殊，各有說法，像每張五官那樣，都是眼耳口鼻皆全，可是笑起來竟都各有其表情，看不清真假。

久而久之，她再不敢多問，唯有每次被同志們半推半拖，又哄又脅的爬上身體時，倒也專心去試做一次「仙女」，不幸都在行雲時從高空摔下來。起初除了痛，還想哭；後來漸漸地痛的感覺褪卻，哭的悲哀也痲木了。腦裡心中，只硬梆梆地革命，革命本來就是冷冰冰，沒有血性，沒有感情的嘛！那些男同志來時都硬梆梆，眼中慾火焚燒；順從了後，去時軟綿綿，一臉笑容。又像漲飽肚子的人走出廁所的表情，瀉到全身乏力，卻舒服的按摩肚皮，精神爽快。

作為女人，甚至做妻子，就得讓男人或者丈夫騎上來，換取一份無力的愉快。盈盈心裡在無法理解「仙女」應有的享受，而終於悟出了一套自己的理論。

直到愛上元波後，精神上的刺激以及蘊埋在深心中的女人天性，才從罩思裡點點滴滴被引了出來，終於明白了異性相吸並非完全是肉體作前提。當那夜思念元波時，忽然湧上的一股難敖的熱度及時被壓上來的身體融化了。及至此時才算完全知道「仙女」享受的真正內涵，達至仙女境界的引線，若無元波的影子出現腦際，是沒法導熱的。第二次在閃電後本來驚懼於壓在身上的人竟然並非自己日夜幻想著的人，但火線已燃，箭已脫弦射出去了，那張方臉也不醜怪；在為革命「獻身」時不知充當了多少次「公廁」。何況，首次令她享受身體如「仙女」的快樂感也是他。雖然有不是元波而至的遺憾感湧現，但總不願放棄剛剛嚐到的甜頭，閉起雙眼在他衝刺時讓元波的影子充塞腦際，也一樣有了雙重快樂的幸福感。

她已經知道了他是誰，下決心必要好好抓緊他。孤身一人走天涯，忽然有個伴，陰差陽錯，這個伴開始竟從肉體關係發展。如今早已放棄了革命，既然不是革命需要，而是個人需要，他非負責不可了。

盈盈身心愉快的一直讓笑意溢在臉上，去到貨輪接了班，對著微弱的電波機，輕輕地哼起廣東小調，一份舒暢在血中奔騰，做女人擁有的好處終於明白了。她真想透過發報機向世界廣播，把內心的快樂讓人們分享。

元波指示了偉堂不必分水，心情輕鬆，上天的及時雨不但淋息了他的慾火，且給全島帶來了生機，在缺水的危機中暫時排除了煩惱。他生性樂觀，擔憂的事從來不肯讓它積存心底，憂慮好比債務，一積壓就利上加利的成了無底洞，人總會被壓扁了。所謂無債一身輕，元波今早的心情，彷如剛剛把昨夜才欠下的錢全數清還了似的，踏著飄飄然的腳步，悄悄的上了貨輪。先到電報室，人一進去恰恰和盈盈打了照面，無處可避的迎著她。

她原本掛著的笑意被這突然而來的尷尬嚇住了，像正在赤身裸體換衣服時，推門而入者，竟是自己一直逃避的人，不但無法可避，而且必須坦露相對。

她臉上笑容收斂了，代之而起的是一層泛如朝陽的紅暈，宛如真正被他全窺視了的羞澀。把頭低垂，卻忍不住要偷偷注視他。咫尺天涯，造愛時仍然呼喚著的意中人就站在眼前，心在狂跳，萬縷柔情奔湧，恨不得投身進入他懷抱，或者把他擁緊，融入自己身體裡，從此二化為一，免去許多單思的痛苦。

元波沒有想到是她，這些日子，由於她的關係，至今和婉冰間，有許多不為人知的拌嘴鬧氣，他弄不清楚為何要選他作為破壞的對象？每次和太太磨擦時，都氣憤憤地要找她當面質詢明白，驟然相遇，在沒有心理準備下，一切責難的話竟不能啟口。就像兩個童伴一起堆積木玩和泥沙，向來沒失和，幾天不見，相逢時怎樣也說不出一句令對方難堪的話，心底還隱隱有份喜悅呢！

兩人互相凝視片刻，宛若都想從彼此眼瞳中開啟出心底的寶藏，結果徒勞，才不得不改變方法，在她紅暈未褪時，他先開口：

「早！有什麼消息？」

她仰起臉，幽怨的眼光包含了許多思念的苦澀，昨夜雲雨，眼前的人無福消受。忽然、她竟可憐起他來，咬咬唇，平淡的說：

「才換班，沒有特別消息。」

「這幾天我都想找妳。」元波搓著手，忍不住要入題，又覺難於啟齒，講了一句也就停止了，像敲著的掛鐘，電池的電源恰恰用完，明明等著，叮噹之聲卻再無續響。眼睛悄悄瞄著她，要看看她的反應。

「假如黃先生真要找我，會找不到嗎？」她挑戰似的平視他，大大方方，顯得毫不在乎，心底卻卜卜的跳著，眼睛貪婪的要細細的把他的形貌攝進眼瞳，存進擋案似的認真。

「我……沒有積極就是，我想問妳……」

盈盈打斷他的話，輕輕的說：

「對不起，那是一場誤會。」

「誤會？我還是不明白，為什麼會惹到我身上呢？」

「因為和你有關，我以為是你！」

元波搖搖頭，好像要把她的話搖走，他說：

「和我絕對無關，怎會以為是我？」

「事實本來和你有關，你真不知呢或者裝糊塗？」盈盈的紅暈已褪，說話提高了聲音。

「我不知道。」元波問心無愧，語氣堅定。

「你吻了我，那天晚上壓在我身上的人，我黑暗中全看不見，自然以為是你。」她的紅暈又泛現了，像被烏雲掩沒的太陽，忽然衝破雲層時，急不及待的紅彤彤的把圓臉呈現。

「那次是我不對。」元波的臉也有些微熱，猶若無意中給人揭發他是偽君子似的有份難堪。

「我從未怪你，你這人看不出有點婆婆媽媽。有些事發生時很自然，是自然的事何必放在心上呢？」盈盈放輕了音量，依然不忍把視線從他臉上移開，放肆的注視著。

元波被她一說，臉上的微熱竟加深了，吶吶的說：

「我當時吻妳，未能自制，過後問心有愧，對妳對我太太都抬不起頭。可是，妳還沒有告訴我，為什麼會硬指我和妳……」

「我不是說了嗎？是誤會，原先我真的以為是你做的嘛！」

「妳真的被人侵犯了？」元波大吃一驚，想不到她在述說被人侵犯的事會麼平靜，好像是別人的故事，她只是一個講述者。

盈盈在他的瞪視中頷首。

「妳知道是誰了？告訴我，我替妳討回公道。豈有此理，他是誰？」元波氣憤填膺，恨不得把那個採花賊立即找出來當眾槍斃。心中沸騰，講不出的難受，一個他曾經溫溫柔柔吻過的女人，居然被登徒子摧殘，他難過到咬緊牙齦。他曾經被越共拘捕，給審訊的女越共凌辱，對他赤裸的肉體上下玩弄。那份被侮的怒火燃起，那種難受，眼前的盈盈必也相似。

殊不知他自已為是的想像，竟然大異其趣，當晚盈盈非但沒有他那種被辱的感受，反而是享受著如仙女的幸福。盈盈抿著嘴，看到他生氣的表情，心中不免甜膩膩地。起碼，這個婆婆媽媽的人依舊關心著她，一個自已心許的男人，表現對自己熱切的關懷，沒有那個女人會不高興的。盈盈展顏微笑，嬌羞的搖搖頭說：

「我不想告訴你。」

元波愕然的瞧著她，表情怪異，神色迷茫，他幾乎不相信聽覺的傳達，忍不住的問：

「妳說不想告訴我侵犯妳的人是誰嗎？」

「是的。」

「為什麼？我快被妳弄糊塗了。」

「因為他沒有傷害我。」盈盈平靜的講，昨晚的風情旖旎，甜蜜又湧上心頭了。

「講來講去，又說他壓在妳身上，現在又說他沒傷害妳？盈盈，妳別怕，這種人不應該姑息，只要妳指証，我必全力幫妳的。」

「他喜歡我，用行動表達了，只是用一種粗野而直接的方式。」

「問題是妳連他是誰都不知道，後來竟寃枉我。如今知道了卻又放過他，為什麼？」元波的不平，莫名的膨脹起來。平白的被她指責一番，等到真兇出現了，她竟不追究。哦！女人心，真的是海底針啊！

「為什麼？我喜歡的人夠膽吻了我，然後把我當女妖般躲避；我不喜歡的人，他卻熱戀我，愛我的一切，直接了當的摸黑侵犯我。第一次我以為是你，好高興，他幸運的順利的佔有我，後來才看清楚了是他，生氣、憤怒、傷心和痛恨的都是你，你膽小窩囊，完全不像個男人，你只是個偽君子，我再也不要見到你……」盈盈越想越氣，聲音提高，滔滔的把心中話抖出來。她從來沒有真愛過，元波是她初戀的對象，雖然是有婦之夫，她全不在乎，也不要他負責，只想抱著夢，在這段逃難的人生之旅途甜甜蜜蜜的相處。她知道，在文明的社會裡，這種戀情必受千夫所指，她知道必無任何結果。何況，那些男人心裡如何超脫大方，一旦知道她已非處女身，縱然婚配也會被輕視，什麼男女平等？女權運動，對於中國女人仍舊是水中月，可望不可觸。現在，那種陰差陽錯佔有了他的人，雖然不是自己日思夜想的人，但已帶給她對生命全新的感受，讓她明白了什麼才算真正的女人。她再也不會放棄，像跌進怒海的人，終於抓住了浮木，怎會輕易放手呢？

元波的心被她的話刺進去，赤裸裸的彷彿聽到那顆心在喊痛。他完全不了解盈盈的感情，那一次擁吻，他只是夢幻似的吻著明雪，心靈從來沒有和她溝通過。雖然如此，一旦知道她被「侵犯」，就像他保護不力以至令以前的女人受辱。他自己有被辱的痛苦經驗，但總想不通他誠心要幫她，而卻無故的忽被罵。像扶傷而掙扎奔逃的羊，在獅吼中踉踉蹌蹌地奪路走出了電報室。

31

元波的得力助手阿志，是英專出身的高材生，二十多歲，戴著眼鏡，皮膚白皙，高高瘦瘦的身材。也許是高的緣由，走起路時縮著背，努力的想讓身體高度和常人一般，久而久之竟變成了微駝的形象。

單身一人出來，父母是當教會學校的教師，自然是個基督徒，講話音量輕柔，很有教養的一位好青年，是讓人打照面後肯定留下印象的現代書生。他主要任務是守護著電報室，負責接收和把難民的情況向難民高委會報告。

起先日夜守著電報室，雖然有阿輝和盈盈幫忙，但他也幾乎寸步不離，自登陸荒島後有了更大的空間，可能在海灘或者嬉水時認識了那個體態窕冶名字叫阿虹的女子。他這些時日真正寸步不離的早已不是電報室了，無論在哪兒，吃飯散步，海浴或者工作，形影不離的是那位阿虹。在眾目睽睽下牽手散步，泡在海水中嬉鬧，相互擁抱糾纏一塊。阿虹冷艷而惹火，巧笑倩兮的臉蛋有對迷人的梨渦，走路時誇張的搖擺，給人一種不安於室的浪女感覺。老成世故的成熟，浴罷平臥沙灘，貼身的薄衣把窈窕的曲線完全映現，成了男士們的焦點。

六、七十歲的公公們笑吟吟的聊天時，也會偷偷的把視線故意調到她的所在處，彷彿瞧到後自己也年輕了，至少眼睛舒舒服服，心裡增加活力。青年人望到她莫不眼光光，泛上紅潮，趕快把眼睛移開，卻常常有心無力，緊張地明目大膽的要努力看個夠，好像望飽了就可以抑制那份蠢蠢欲動而無人知悉的慾望。

多事者早已流傳著她的艷史，真假難分，總之如親歷其境似的。說阿虹以前在舞廳伴舞，一些更不堪入耳的描繪她是人盡可夫的出售肉體的女人。反正，說歸說，也無人認真的去考證，島上無聊，有個話題總易於打發苦悶，何況對象又是人見人愛的美嬌娘，提起她至少有「望梅止渴」的作用。阿志不管人們口中的風言風語，夜裡竟把阿虹帶到發報室陪他守更值班，白天卻把工作派給阿輝和盈盈，和阿虹不知躲到哪裡去了。大家背後指指點點，但情到濃時，真是旁若無人，他們依然出雙入對。荒島住了上千人口，也有是非世俗，但阿志卻灑脫自如。元波早已風聞，這是私事，他不願過問，由於和盈盈間的尷尬，他很少自動再到電報室。反正，除了等待，有特別事故他們也會找他。

黃昏後，晚霞爭艷，把西天染得七彩繽紛，像一幅西洋油畫倒掛天空，令人神馳於美的世界裡。婉冰受風雨襲擊後，高燒未退，龍醫生的藥早已完了，阮醫生那邊只餘下些止血外傷的藥品，患病者只能聽天由命，別無良方。元波心裡沉沉重重，也無心欣賞落日，正逗著明明，不意那團火婀婀娜娜的來至他跟前，未語先笑著蹲下來，用清脆的軟語說，聲音彷彿有股甜味：

「黃生，阿志請你去，有急事報告。」

「謝謝，妳先走我就去。」元波放下明明，想找阿美，姐妹倆天還未全黑又不知野到那兒去玩了。婉冰躺著半臥半醒，他唯有抱起兒子，到了貨輪上，心裡不知如何竟然忐忑不安。

及至電報室，阿虹早已先他而到，放肆的居然坐在阿志膝上，望見元波，才輕巧的跳下，依偎在阿志肩上。眼睛水汪汪的注視著元波，忽又改變主意，自個兒趨前行近元波身旁，伸手逗明明，明明全不怕生，竟似被磁石吸吮般掙脫元波之手奔過去。阿虹開心的笑出聲，像銀鈴的悅耳，滿室繚繞的動人的音波裡。她已抱起明明，話也不說的搖擺著腰肢走出去。

「黃生，剛剛收到高委的指示，要我們登記，把個人想去定居的國家寫下來，做一個統計後再將數目立刻回覆。」

「還有別的嗎？」

阿志搖搖頭，指著電報機說：

「電池很微弱，聲音斷斷續續，有些話也無法聽清楚。」

「噢！也沒辦法可想，只望他們快來，藥也完了，存水糧食都將近清光，幸好有魚和雨水，喂！你每晚都把她帶進這兒來？」元波說著就把話題轉到阿虹身上。

阿志笑笑，毫不在乎的說：

「反正多個人聊聊！」

「外邊都在閒言閒語，你是不是認真的呢？」

「那些人真無聊，是我們的事又不礙著誰。」

「你不在乎別人的閒話嗎？」

「有什麼好在乎呢，我們在一起，愉快就夠啦！」

「你還年輕，不要走火入魔！」

「我從來沒有戀愛過，只覺得和她在一起就不枉此生了。什麼叫做走火入魔呢？」

阿志神色充滿了甜蜜，臉上始終堆著微笑，像嬰兒飲乳後手舞足蹈的滿足，愛情的魔力真不是世間任何道理可以消除的呀！

元波竟無言以對，有點手足無措的驚慌，他說：

「我的意思是你弄假成真，你們的背景年齡都不相配。」

「她大我三歲，也不算什麼。相愛時這些都不必計較，又不是做買賣。」

「你認真，她也投入，就公平了。只怕她鬧著玩，會傷害了你的感情。」

「謝謝你的關心，黃生！」阿志含著笑，甜蜜打從心底湧現。元波望著他純真的一張臉，倒有點羨慕，心中盈愛，溢滿幸福的人才會有那麼動人的笑容。正說著，明明跳著衝了進來，一陣爽朗的聲音傳送，聲比人先至，阿虹開心的追逐著明明出現了。明明跑到父親眼前，他展著笑，嘟起嘴指向身旁的阿虹，阿虹喘氣撒嬌的依偎著阿志，親熱而自然，宛如磁石遇上鐵片，必定如此相吸。

元波抱起兒子，向那張迷人的臉蛋拋過一瞥。情到濃時，渾忘天地的一對戀人，還有什麼力量可把他們分開？

回到島上，他把明明帶進營帳去，就到沙灘上吹起集合的哨子。組長們三三兩兩的圍攏後，元波才把登記定居的辦法清楚的指示，大家議論中，有位陳組長發問：

「黃先生，為何要如此登記呢？」

「難民高委會要掌握我們的選擇，大概方便向西方收容國照會吧！」

元波回答後，又大聲的接下去：

「登記工作即時進行，一小時後再集合，把各組登記表交到。」

「大家要去哪個國家早就心裡有數了，分頭登記，我們還要做統計，等著回電呢！」

元波講完就走向負責管理他一家的組長洪壽面前說：

「洪先生，請你記下我們一家是去澳洲的。」

「黃生，我去美國，將來我們就要分手。」洪組長邊寫邊說，臉上依依，好似已經到了揮別時刻。

「早得很呢！再說，這船人將來天南地北各奔前程，也是必然的結果，人生本來就如此。」元波也有感慨，正說著時，有位中年婦人，急急忙忙走到他面前，喘著氣說，聲音急速，好像不快說完就會完全忘了：

「黃生，請你代我登記我和五個子女都要去美國，我的老爺和組長報寫去澳洲，我死也不再跟他們一家走的了。」話未說完，竟淚落如雨，一臉的悲哀。

「文嫂，妳別哭啦啦！為什麼不和夫家一起去澳洲？」元波認出是住於同一個帳蓬內的芳鄰，帶了五個幼小的兒女和小叔小姑及七十高齡的家翁一起逃出來。

「我先生寧願自己留在堤岸（南越華埠，現被併入胡志明市）和情婦相棲，忍心拋棄我母子六人。我為什麼再要和他家人在一處，我弟弟在美國，投靠他勝過遭人白眼啊！你一定要為我做主啊！黃先生。」文嫂哭哭啼啼，悲從中來，止不住的心酸，家散的淒涼又如何能不傷心呢？

「黃先生，你不能替她登記。」人到聲到，高高瘦瘦的老頭子雙手互搓，盛氣凌人的瞪視元波說：

「五個乖孫是我的，一定要跟我到澳洲。」

一邊哭，一邊吼，元波皺緊眉頭對他們說：

「登記只是調查，作不了準；將來到了難民營，辦紙張時才能確定。你們的家事我沒法管，但現在吵鬧是沒必要。文嫂妳別哭了，身體要緊，五個兒女都靠妳呢！」元波轉身面對老人說：

「阿伯，你也不必動氣，回去慢慢商量，叫乖孫寫信給你兒子，叫他放棄情婦，快快逃出來。」

「都是那衰仔沒良心，被鬼迷了心。總之，孫是我的，我一定要帶走。」老人中氣十足，右手指天，左手握拳，宛如賭咒似的，只要如此比劃呢喃，五個孫兒就非跟他不可了？元波瞧著他怒目圓睜的樣子，以及文嫂的楚楚可憐相，心裡難受到像被人狠狠地抽了一頓。親情是割不斷的，五名雛子是多麼無辜！一邊是慈母，另一方是祖父。大時代的悲劇天天上演，生死未卜，世間的恩怨卻糾纏不斷，人只要活著，是非的根鬚便會伸進心裡，做人為什都是苦多於樂呢？

打發了他們翁媳倆，組長們已先後把登記表交回來。收齊後，元波和阿輝、阿德、坤培一起上貨輪。獨獨看不見盈盈，他居然有份失望的念頭。自從知道了她被人侵犯後，又沒法找出那個混蛋東西，心裡像欠了她一筆無法清還的債似的。這些是否全為自已找個藉口，去掩飾連他自已也不明瞭的愛苗？一份若有所失的表情會無聲的爬上五官，每當這個時刻，在靈光閃現時又被內疚深深咀嚼，不但與太太相對時彷彿有千種不該的背棄了她。另一個女子的倩影也悄悄浮湧，半怨半嗔的指責著他的負心。這樣任由婉冰，明雪和盈盈分別在腦裡出現，做綺夢時也曾把三人分別擁進懷裡一一輕吻，醒後又為如此荒唐的夢境而自責。心靈的幻影及折磨又無人可訴，他總不願去想，他迴避著盈盈，但免不了的卻又有種盼望看到她的衝動。有幾次，在另一堆聚居了八九家越南難民的人叢中，總覺得是遇著明雪的背影，幻影過後唯有啞然失笑，在感情的漩渦中，人有時真是身不由已！

忙了一陣子，統計的結果是嚮往到澳洲的佔絕大多數，總共八百二十人；要去美國的一百五十人，赴加拿大的一百十二人，其餘的一百多名額登記赴法國、瑞士、紐西蘭、台灣和香港，是與家人團聚。電報發出去，大家都鬆了口氣，但情緒低落，到處有人喊餓的報告，單靠那些魚充饑，不知要再等多久才能離開荒島，誰也不曉得。

恐慌的氣氛經已瀰漫四周，缺乏生果、蔬菜再加上節制水源，半數以上的男女老少早已患上便秘、便血等腸胃症狀。如今忍飢捱餓後，體弱者紛紛病倒，又無藥物醫治，全靠各人造化及本能去抵抗。

元波和偉堂約好去測量了水艙，水位已降到了底，估計不能維持三天；心中焦急萬分又不敢洩露，他們心情沉重，元波卻強裝笑臉，他始終表現的達觀態度，對整島人是起了很大的積極作用。在過去那段日子裡，大家有如離家度假，快樂多於憂愁，雖然過的是原始生活，無奈中又有種新鮮感。人對環境的適應力之強，若非親自經歷過苦難的逃亡生涯，是不易理解的啊！

四十餘度高溫的熱氣被晚風拂走了，婉冰的燒竟奇蹟似的漸漸褪去，她掙扎著起身吃些鮮魚。胃口大開，屬於自己的份量吃完了居然沒有絲毫飽的感覺，拿起旁邊的半碗魚，狠心的移近口唇上，又頹然放下。元波還沒回來，如果她吃了，今晚他怎麼辦？嚥下口涎，閉起眼睛，肚子卻像爬了口饞蟲，咕咕亂動。半生以來從不知饑餓是什麼滋味，直到如今，才總算明白了。她真不想去和肚內的飢餓鬥爭，腦裡不由自主的竟老想起熱騰騰的香米飯，綠釉釉爽口的芥蘭菜，紅燒乳豬，冬菇雞湯的誘惑浮現後，又忍不住伸手去捧起在身邊的那碗魚。

握在手裡的碗，魚肉溢瀉強烈的香味令她精神大振，睜開眼瞪視，躊躇難決。食又不忍，不食又難受，一陣心酸，竟想落淚。

「黃太，魚都冷了怎麼還不吃？」

婉冰聞聲愕然的望著出現眼前的盈盈，她蹲下後把帶來的兩尾鱒魚放下，接著說：

「我今天釣到四條，剛回來經過這兒想起妳，分一半給孩子吃。」

「怎麼好意思呢，妳拿回去！」婉冰深感意外，不知該如何應對，神情失去往常的鎮定。眼裡漾起喜悅，心中充滿了感激，肚內饞蟲萬頭蠕動似的，幾乎想即時抓魚而嚼了。

「明天去釣又有了，順便來向妳道歉！」

盈盈低下頭，放輕聲音說：

「前次誤會了黃先生，是我不好。」

「哦！我早知他不是那種人，那個人捉到了嗎？」

「不是捉到，是知道了。」

盈盈抿嘴，不好意思的笑笑，再接下去講：

「今天是他和我一起去釣魚的。」

婉冰好奇的問她：

「難道妳不恨他？」

「當然恨，後來想通了，因為他喜歡我呢！上次的事妳怪我嗎？」

「沒有，我親自查問他，黃生堅決否認，我們知道另有原因，只是想不通吧了，謝謝妳肯告訴我真相。」

「妳那麼相信丈夫嗎？」盈盈臉上一熱，想起和元波接吻的事，假如他對太太坦白，自己真是無地自容了啊！

「愛一個人怎能不相信呢？他從來就不騙我。」

「你們真幸福！」盈盈臉上紅暈泛湧，靦腆地向婉冰告辭，匆匆的離去，好像唯有一走，始能把那道吻印從口唇抹掉。

「謝謝妳的魚啦！」婉冰猛然想起她攜來的禮物，朝她轉身的背影大聲道謝。她怎樣也不明白，一個女人給陌生男人侵犯受辱後，居然不會恨他，反而成了伴侶似的一起去垂釣。她搖搖頭，意外多了兩尾鱠魚，再也不猶豫的把那半碗已冷的燒魚津津有味的食完了。

元波原本趕回去吃魚，經過坤培的住處，海盜張和他一班兄弟也在，他們熱鬧的正圍著一堆在烤魚。坤培身邊放著個收音機，他指指收音機向元波說：

「黃生請坐，一起吃烤魚，快播送新聞了，聽聽新聞再回去。」

「來來，相請不如偶遇，黃生請坐。今天我們釣到九條活跳跳的鮮魚，可惜沒有啤酒呢！」海盜張熱情的讓出一片空地，元波本來不想分薄了他們的口糧，知道是釣了那麼多魚，也就不客氣的蹲坐下。心想自己那一份給兒女多分一點，這幾天全家都沒有飽過，魚香溢進空氣引起餓腸的反應，肚裡彷彿咕咕在歡呼了。

幾條鱒魚和鱈魚先烤熟了，大家伸手就抓，坤培把手中的鱈魚分成兩份，遞一塊給元波；這邊海盜張也將半條鱒魚推到他面前，元波指指手裡的鱈魚，口中咀嚼著滿滿的魚肉，話也說不出口。沒有調味品，也不用刀叉筷子，很原始的方法把魚送進口裡，小心的將骨吐出，魚香味引動了眾人的食慾。元波邊吃邊想起以前和朋友在西貢碼頭「升旗洞」附近吃烤生魚喝啤酒的樂趣，記憶中的往日魚肉怎樣也比不上這次的鮮甜可口。大家開心的閒聊，白天的愁緒擔憂，都隨著魚香飄走了。

元波專心的吃烤魚，手裡的鱈魚吃得乾乾淨淨，真想學上次那樣討一尾回去給太太。想歸想，念頭一閃即逝，無論如何也難啟口，就和他們開開心心的大祭五臟了。活到今天，從沒有一次吃魚吃得如此心滿意足，幾天來始終存在的飢餓感完全消逝了。能夠填飽肚子的那份樂趣以前就絕沒有感覺到，假如在文明社會告訴人吃魚彷如成仙的快活必定會令人恥笑吧？他卻實實在在的享受著這種舒服，原來人生有許多奇奇怪怪的經驗若非親歷是難相信的啊！

澳洲廣播電台廣東話節目的新聞播送時間到了，坤培將音量扭大了。南極星座輪的消息已經沉寂了，播音員在講完幾則國際新聞後，忽然提到一艘難民船的消息：

「本台駐東南亞特派員電訊，台灣遠洋漁船財富號，在南中國海上的一個無人島嶼上搭救了六十四名越南難民。昨天在返抵澎湖後，船長陳正滿先生接受訪問時稱，極度饑餓中被救的人，航返台灣途中先後再死去三十人，餘生者只有三十四人。這批難民是在一個半月前乘搭『清風號』漁船逃亡，全船男女老幼共一百四十六人，因機件障礙淪落荒島。據生還者哭述，他們是因船長臨死前獻身，吃人肉而活命，這件慘絕人寰的吃人逃亡事件引起世界的極大關注……」

坤培按斷了電源，夜靜寂到有如陷身地獄裡，「淪落荒島，吃人肉餘生」的話像針刺般的插入他們的心裡，先前吃魚的享受被這意外的消息嚇壞了。不知是誰在喃喃自語，聲音低沉，也像鎚子噹的一響擊破沉默。

「人肉怎麼能吃呢？」

元波的胃收縮，他有嘔吐的感覺，輕輕揉搓胸膛，強忍著不敢開口。

「盧媽美，誰說不能吃？越共抓到美軍和共和軍就吃他們的心！」海盜張對著暗裡發言的兄弟吼著，他的粗話一出口，死寂的空氣有了人味。

「張大哥，你怎麼知道？」

「我以前在特種部隊裡和越共打了幾十場仗，有一次成了俘虜，當晚在芽莊城外附近（南越中部沿海城鎮），又遇到了軍隊巡邏，兩方火拚，美軍飛機到達前，越共邊打邊退，找到了地道入口，就統統躲進去。幾個受傷的美軍也被押走，摸黑行了很久，再出去時天已快亮了。他們停下來休息，生火煮食，幾個美軍全被用刺刀解決了；剖開胸膛把他們血淋淋的心掬出來，就像洗切豬心那樣弄好，放到鍋裡炒，那些人心還跳動不止，直到熟了才停，我怕到發抖，以為必死無疑，死後還要給他們吃下肚子呢！」老張一口氣把當年被俘時所見都講出來。

「你又如何大難不死呢？」元波疑惑的問，早先的悲憤已疲老張的故事沖淡了。

「我後來是在芽莊郊外小鎮寧和市，被押著走時又遇到韓軍白馬師團的大隊人馬，在五、六小時的慘烈血戰裡，我們和十多個越共被韓軍活捉了。經過了審問查証，我自然又回到所屬的部隊裡，再加入前線作戰去。」

「你打仗時怕不怕呢？」元波對於軍人廁身戰場對生死時的心理充滿了好奇，他雖然生活在戰火連綿的越南，經歷過戊申年（一九六八年）越共全國總進攻那場兵災禍患，和淪陷前槍林彈雨的洗禮，但僥倖沒有參與這場殘酷的戰爭，是無從知道阿兵哥射擊敵人時對自身安危的想法。

「槍響後就不會想到怕了，全副精神放在對準越共開火上，你不殺他們，就會被他們殺死，是很自然的。最怕的還是被俘時看到他們吃人心，我把這恐怖的經歷對同袍們講。當時他們哈哈大笑，說我大驚小怪膽小鬼啦！盧媽美！」

「他們不相信嗎？」

「我們也以為他們不信，還再三發誓我沒騙他們，有一次行軍，在寧和市一帶的樹林碰上大隊越共，這場昏天暗地的殊死戰對抗了十五個小時。特種部隊要靠美軍轟炸機投彈才解圍，我們傷亡了一百三十多人，越共損失多我們兩倍，清理戰場時心裡感到害怕。盧媽美！悽慘極了，斷手斷足，頭顱炸開了，胸膛破裂了五臟流滿一地。那些奇形怪狀的死相，到今天我還會做惡夢呢！」老張停口，眼睛望向夜空，彷彿再次在戰場上清屍，他又接下去說：

「尤其是重傷者呻吟的聲音，好似還在我耳膜內呼叫，他們求我幫助補上一槍讓快些死去；他媽的，最初真下不了手。那晚太倦了，我倒頭睡熟去，被人推醒，他們嘻嘻哈哈的圍著吃米粉。我也分到一碟，睏倦的張口就吃，好久沒吃過那麼好吃的炒米粉了，開胃極了，居然有肝臟和豬心。我想大概白天作戰時在市區店裡順手牽來的東西，等吃完後，他們竟瞧著我問味道如何？我津津有味的老實告訴他們還不夠呢！丟你老母，在他們大笑聲裡有人說：『老張，你也真會吃呀！人心人肝炒的米粉當然一流啊！』盧媽美，我就這樣糊裡糊塗被同袍們拖下水，竟吃起越共人心的勾當。那晚大吐特吐，和他們大打出手，好漢敵不過人多，當然是被打了個半死。他們原來早已吃過越共的心肝了，原因是報復，而最大的一個主因是吃了敵人的心肝後，真個惡向膽邊生，到戰場上就再也不怕死，敢於勇往直前大開殺戒。」

「是真的嗎？」元波的毛孔都張開了，一陣夜風拂過，打了個冷顫。

「真的，我當時一陣噁心，張口大吐特吐，但肯定沒法吐乾淨。而且，軍隊生活作戰時期，大家今早活著說不定晚上死去，戰場上的兄弟情真比親骨肉還可貴，架打過後，依然有難同當，有敵人的心肝自然也同享了。我知道那時我們完全是一班野獸，殺死敵人就有好吃的東西等著你，好比一條條餓狼對著目標。特種部隊和別動軍當年令越共聞名喪膽，我們的悍勇善戰是出了名的，連人心也敢吃的人還有什麼事會怕呢？」

「你的隊友早先怎麼知道越共吃共和軍的心臟呢？」

「是老兵告訴他們的，後來在清理戰場時，也發現了我們的人胸膛被剖開，給掏空內臟的事實，從此就以牙還牙，也許吃上了癮。」

「戰後你被抓去勞改，這幾年來有沒有再想吃呢？」

「盧媽美，我難道真是禽獸嗎？以前身不由己，像場噩夢。」

元波猶如也發著一場噩夢似的恍恍惚惚。難民絕糧，船長大義獻身，用自己的肉延續了同船者的生命，這顆人心是多麼偉大啊！而在戰場上，越共和共和軍彼此殘殺外，還相互掏對方的心肝，是多麼恐怖殘忍的獸行啊！人性為什麼那麼可怕，那樣的善惡糾纏，摻雜著一起？踏著沙涉著水湄的輕浪往回走的元波，心裡充滿了一份恐懼，人吃人的陰影像鬼魅似的佔據胸中，講不出的難受。

婉冰吃飽了，把兩尾鱒魚也已弄好，阿美姐弟分吃了一條，他們都已安睡，只有她張著眼在等元波，魚也冷啦！怎麼還不回來？心裡正焦急，就看到丈夫摸黑的坐在身旁了。

「這麼晚才回來？魚都冷啦！」

「我吃過了，妳和孩子們分吧！我經過坤培那兒，老張和他的兄弟們釣到好多魚，請我吃，我就留下。咦！妳怎麼也有鱒魚呢？」

「是盈盈給的，一條已吃了，留一條給你的。」

「她怎麼會有魚？奇怪，為什麼又想到送給我們？」

「她和朋友去釣的，分一半給我們，是來道歉的。」

「這個人莫明其妙。」元波平躺下身體。

「人家對你可癡心呢！」

「我是說她為何不肯告發那個侵犯她的人？」

婉冰輕輕地笑著說：「今天陪她去釣魚的朋友就是他，你想不到吧？」

「真是意外，難怪她不肯說。」

「弄假成真，先給侵犯，變成情人，說不定將來會結婚呢！」

「這種人怎麼靠得住呀！地地道道的強姦犯。」元波心中莫明的生著氣，好像盈盈的隨便傷了他的心。

「難道只有你靠得住嗎？」

「點解硬係扯我埋去？」（為何硬要把我扯進去）

「食魚啦！你心虛了。是不是？或許是餘情未了？」

「去妳的。」元波悄悄輕拍了她的屁股說下去：

「我只是想把犯法的人捉出來，盡我做島主的責任罷了。」

「人家不舉報，等於默許，原來的侵犯也成了合法。你吃醋是不是？」婉冰逗著丈夫，覺得很好玩。燒退了，這幾天病到迷迷糊糊，也沒有開口講話，看到元波認真，越發想戲弄他了。

「我才不吃這些醋呢！又不是妳。」

「哼！誰敢碰我？誰不知我是島主夫人。」

「吃魚吧！島主夫人。」

「都飽了，放些鹽留明日，不是天天都有人奉獻的啊！」

「對，我倒希望老天多下幾場雨，飲用水快完了，這麼多人，亂起來真的不知如何是好！」一抹陰影又襲上心頭，向來樂觀的元波，今天不知怎麼攪的，老是憂形於色。

「你怎麼啦！不都很順利嗎？吉人自有天相，你在擔心些什麼？」婉冰聽出丈夫的語氣，他是極少表露悲觀情緒的人，今晚這樣講，可能事態太嚴重了。她完全不知道元波剛才聽了廣播說及人吃人的故事而引起的恐懼。

「沒有什麼。今天測量水位存量太少了，像前晚的雨，對我們太重要了。」

「咦！為什麼我們要去澳洲呢？我妹妹在美國啊！你怎麼改變主意了？」婉冰忽然想起了登記的事，洪組長告知她，元波選擇去澳洲。

「我答應了祖先，能夠平安，一定會去澳洲，夜深了睡吧！」元波側身，結束了話題，真要睡時，卻無論如何也闔不了眼。離家的當天，他駕了車回到父親的居處辭行，媽媽早已在神龕前擺上了三牲，祖先神位的香爐已燃上了三炷清香和紅燭，見到元波，一手把他拉到神龕前親自燃起三炷香給他。元波從來不燒香，但看到媽媽蘊含淚水淒然神色，不忍拂逆慈母，只得順從的接過神香，恭恭敬敬的三鞠躬，媽媽唸唸有詞，祈禱著神明及祖先保祐這次偷渡逢凶化吉，並許諾子孫都將南移到澳洲生根。在這一刻向祖宗默禱中，元波深深感動著，從來未謀面的先祖們彷彿都瞪視著他似的。聽著他的許諾，還有旁邊的「本頭公」神像也在見証。如今，一家人失散了，他更堅定的決心去澳洲，一則守了諾言，二則也存著了以澳洲為目標的重逢之地。這些心事，婉冰怎會明白呢？他沒時間向她解說，輾轉中，一營的鼾聲早已起落有緻，不知過了多久，他也進入夢鄉。

32

晨起天氣放晴，藍空高爽，真不是個好日子，看來是不會有雨了。元波心中「好日子」的定義是風雨交加，全島難民皆有大量雨水蓄存，能夠活命的日子才能是好日子。大晴天，除了熱到躲進海水裡浸涼外，一無是處。

許先生半夜出海，為難民帶來了七籮鮮魚，幾乎比平常多了一倍，偉堂和坤培分派得很高興。元波在後山呻吟了一陣子，放了便血，一路搓揉著微痛的肚子下山。來到前灘，海盜張氣喘喘的趕至跟前，開口就罵：

「丟佢老母！船長和水手全走光了，老李小李也失蹤了，怎麼辦呢！黃先生？」

「老許和他的漁船也不見了是嗎？」元波望向大海，一片水花微湧，水天連成一線，空空蕩蕩，令人悵然若失。

「是啊！你怎麼知道？」

「他們不會飛，當然是老許把他們帶走的。」

「昨晚他們打了整船魚留下，原來是計劃好的了。」

「老張千萬別張揚，當成什麼事也沒發生一樣。」元波心中一動，船長離去是必然會發生的，唯一打擊的是再無海鮮供應，千多人口糧成了最大問題。

「我們怎麼辦呢？」

「搭救的計劃應該已經擬好了，我們的消息全球早已知道，我不相信會有太大的危險，最重要的是維持安定，不能混亂，你多費神吧！」元波口裡這樣說，內心也不免忐忑難安。人吃人的恐怖鏡頭竟不斷在腦中映現，望著海盜張遠去的背影，才噓了一口氣，宛如他隨時都會張口，向自己頸邊咬下，他下意識地摸摸頸喉，神經質的展現一絲苦笑。

元波找到了偉堂，叫他向大家宣佈明天不派魚，今天的口糧多了一倍，要大家注意。這個消息一傳達，原本想大吃一頓的人都明白，將半份用鹽醃好收起，一場空高興後，彼此紛紛議論。

幸好，許多人這些日子都倚靠了島上的組織，完全信任他們的安排，尤其對他們尊敬總代表更是信服。大家都有目共睹，他一家人的口糧、飲用水，都是由組長分派，所得完全和眾人一樣，子女太太看病也排隊輪候。就因為他的大公無私，大家心服口服外，竟想當然的認為有他領導擔當，萬事總會順順利利。他表現出來的信心、樂觀和堅忍，在在影響了全島難民的情緒。

元波在這種無形的壓力下真是有苦自知，身不由己的成了總代表，對自己家庭幾乎全忽略了。整個過程至今都能逢兇化吉，和自己的力量是無關啊！許先生的出現，上天的及時雨，豈是他所能控制的呢？如今老許悄悄的走了，飲用水藥品都不繼，他又不是孫悟空，可以憑法術幻變些東西出來？但這些又如何向他們費唇舌呢！他一個人承擔著比誰都多的苦惱。婉冰病體初癒，他不敢把心事全傾吐，以免她牽掛，何況於大局也無補啊！

心裡迷迷茫茫，行行走走，意外碰見老鄧和他的小舅兩人拿著竹竿，迎面向他招呼：

「黃先生，早安。」

「早，去釣魚嗎？」

「是啊！你要不要也來玩玩？」

「我沒有工具，又不會釣魚。」元波口裡說著，語氣並不堅持。

「學學就會了，魚鈎我都有。釣到魚就有些糧食，有空就來吧！」老鄧知道他忙，隨口說說。沒想到元波心事重重，有如逃難般不知何去何從，聽到尾句頓勾起增加糧食的誘惑。心想太太子女捱不了餓，老許又走了，能夠釣到魚也大有裨益呢，不覺就隨著老鄧走。

「你怎麼逃難也帶著魚鈎、絲線這些用具呢？」元波邊走邊好奇的問。

「黃生別見笑了，我是釣魚迷，在堤岸工餘假期，必到河邊垂釣，樂在其中。離家時依依不捨，悄悄的又把那些伴我多年的釣具帶走，沒想到大有用處呢！」

老鄧心情爽朗，一提到他的興趣，便滔滔不絕。

「這兒的魚多嗎？」

「多極了，鱒魚最多，假如人人都帶備工具，就不怕絕糧啦！」

「這種經驗將來應該寫信回越南告知親友，實在是有備無患。」

行行走走，繞過岩石，在去取泉水的半途上一處平坦的大石塊下沙細而白，柔滑綿軟踩在上面彷如棉絮的感覺。

老鄧將魚鉤、魚竿都放下，取出一罐預先捉到的蚯蚓，熟練的把餌放好，然後細心地教元波如何拋線，浮標動的時候要怎樣收線，如果遇到大魚則收放之間應如何掌握……元波認真的聽著，把理論記住，一下子也不能完全理會。接過竹竿，拋線時試了七、八次，餌也弄丟了幾回，才算初步學會了拋線的方法。老鄧和他的小舅也各自拿了釣具分別找到好位置，三個人默默地面向海洋，手持竹竿，聞風不動，好像和整個風景融為一體，又彷如畫面上早已描上的臨海垂釣圖中三個人影。

元波生平第一次釣魚，緊張的盯著浮標，暗湧過處，浮標微移，他立即收線，及至見到魚鉤時，蚯蚓已無蹤影，自然也沒有魚的影子，走去向老鄧拿餌，他已釣到一尾紡錘形背部呈藍灰色的魚。元波不知魚名，細聲的問：

「老鄧，這叫什麼魚？」

「鮭魚，肉很甜美，老許給的魚裡也有。」

「浮標動，我拉線，但為何沒魚呢？」

「釣魚不能心急，看準浮標往下沉，魚吃了餌被鉤住嘴唇，一掙扎浮標就低沉入水，證明魚已上釣。左右飄動是波浪和微風吹的影響。」老鄧把他的經歷陳述，元波聽後取了蚯蚓又回去拋線。

這次放鬆了精神，不再那麼緊張，四周除了海風呼嘯和微浪輕湧外，天地間靜寂到有如身處外太空，遠離這世界，在紅塵外一處人跡不到的地方垂釣。世間的名利得失，喜怒哀樂似乎全無關係，人在大自然懷抱中，心境清明，想著些過去的風浪，忽然對這角清靜的小天地深深的眷愛。思緒無邊奔馳時，手上驟然一緊，浮標沉下，元波精神一振，立刻收線，心情興奮莫明，果然一尾活躍的鮭魚鈎在線尾端，死命的掙扎。元波手忙腳亂的不知如何是好，放下竹竿，魚在沙上翻翻滾滾，他笨手笨腳的亂了好一陣子才把魚鉤從魚唇內取出。看到魚唇有絲絲血跡泌出，心裡有些不忍，原本鮭魚自由自在地在大海中遨遊，為了覓食誤上釣鉤，一生就此完結。他又想起在航程中，貨輪浴室被倒電油，倘若那次起火，一船人不被燒死也必落海浮沉，人便成為魚腹的佳餚。這個世界，人不吃魚，魚也會吃人，弱肉強食，自有天地以來，幾乎是一成不變的道理啊。

他為了自已竟也有「婦人之仁」而感到可笑。有了這些經驗，再拋線就氣定神閒。臨海而釣，彷彿成了一個漁翁。腦裡卻思潮奔騰，人好似回到時光隧道裡……

那年越共總進攻後，他又駕了汽車獨自去西寧省收帳款（距西貢西北一百公里的市鎮，與柬埔寨接壤）。沿著一號公路飛馳，汽車過了古芝郡後，耳邊就被一些槍炮聲震撼著。槍聲聽慣了，像極了農曆新年的鞭炮，但早已經學會分辨哪些是美國自動步槍M16的，哪些是越共的AK槍；榴彈和迫擊炮以及武裝直升機的空對地小型飛彈破空尖銳聲也統統分得清楚。

公路前邊反常的沒有公車，只有他一部小房車孤獨的吞吐兩旁椰樹，沒有路障證明戰場不靠近公路兩邊，大概是在樹膠園深處拚死活。他踩足油門以百哩時速奔馳，沒想到耳邊槍炮之聲竟已迫近，轎車原來已馳進火線中。右手旁的農田裡共和軍的坦克、大炮和幾百名士兵埋伏著。子彈呼嘯的從樹林中射向陣地，他把頭低伏，心想此番休矣！越共的任何一名射擊手只要發出一枚B40榴彈，人車俱成灰燼。

在死亡邊緣時，竟不知道害怕，踩盡油門，像火箭似的馳過了三、四公里左右的戰線。當汽車安全駛離戰場路段，那端的共和軍如臨大敵，目瞪口呆的瞧著從火網裡衝出來的轎車。知道撿回性命，他才如夢初醒，一身冷汗早已浸濕了衣服，嚇到連話也說不出口來。

浮標下沉，元波的思潮才從戰火裡飛回，他快速收線，反抗力的拉扯頂大，他就一放一收，人也被回拉之力跟著向前移，水自腳踝邊一直上升，他全不知情的專心和那條見不到大魚爭鬥，水深及腰時耳邊忽聞老鄧呼喊他放手，他心有不甘，魚捉不到反而平白丟工具怎麼行呢！

死命收線，迎面而至的浪濤沒頭沒臉的打下，重心頓失，人就在海水裡。元波不會游泳，心裡一慌，大口的海水湧入，人也沉到水中，手腳亂動，可卻怎麼也沒法子浮出水面。腦內一片迷茫，耳裡槍聲不絕，他拚命踩油門，人飄飄盪盪，然後一切聲音自絕，天地海洋黑暗如墨。

再醒來時人躺在沙灘上，四肢平伸，軟弱無力，眼睛微張，老鄧和他的小舅歡呼拍手，他不知道究竟發生了什麼事，耳內嗡嗡作響，水自孔中流出，腸胃翻滾，口中苦澀，腦裡空盪，一臉迷茫的望著他們。

「黃生，你原來不會游水，好險啊！」

「那條大魚呢？」元波的記憶恢復了，記掛著的是那尾沒釣上的魚。

「你差點被牠拉進海底了，還在想著大魚。」

「為什麼會這樣呢？」元波掙扎著坐起身，耳中依然鳴響不絕。

「你不應該向前移，它拉時你放線，再收線，它力大一扯你又要放鬆。有時鬥上好久，你沒經驗，腳底一鬆跌倒時放手，魚當然游走了。」老鄧耐心的把他的經驗細細講解。

「噢！好險呀！謝謝你們救了我。」

「沒事就好了，你休息吧！我們再釣魚去。」

元波乏力的又平躺在沙上，生死一線間，命不該絕時原來也死不去。奇怪剛才無端的會想起多年前衝戰線，奇蹟般的死裡逃生，彷彿是預感，竟會再歷經一次面臨死亡的危機。假如就這樣屍沉海底，婉冰和子女怎麼辦呢？死活究竟不再是一個人的私事，為父為夫的責任未了，

此生豈能輕言放棄呢？生命的意義原來不單單是活著，還涉及了許多糾纏的情份在內，以前從不知道，如今忽然條理清晰的明朗。向來、他沒想到會怕死，活到好充實的人生，也幾乎

沒時間觸及死亡的問題；此次遇險，令他對死亡起了極大的恐懼，陰陽永別，畢竟是人生最大的憾事，他何忍令稚子及愛妻去獨自承擔悲傷呢？

正午烈陽高懸，老鄧郎舅兩人共釣到九尾鮭魚和比目魚，滿載而歸。臨分手時，連同元波釣到的那尾魚外加上兩條比目魚送給他，推讓不過，元波才收下，心裡高高興興，晚餐一家人可以吃個飽了。

33

同船的越南人自上島後，就遠遠的在山石轉角處自成部落，他們的總人數約一百人左右，除了取水和守更，參加衛生工作外，平素絕少涉足到華人堆裡來。元波雖然是總代表，他也沒有特意走到他們的營地去，那邊究竟住些什麼人？他始終沒在意。反正，同是天涯淪落人，奉公守法、相安無事的一起在荒島上等待救援。

午後，烈陽照耀，大部份人都泡在海水裡；餘者躲於營內，忍受酷熱的煎迫。沙灘上的孩子們追逐嬉戲，忽然其中兩個大打出手，扭滾地上，一個號哭，另一個奔跑離去。不久，哭者的父母來勢洶洶的告到元波跟前，要找出那個頑童。

調查後始知逃走的是個越南孩子，一班人於是隨著元波走進越南區。那班越南人紛紛起立，很有禮貌的向元波問好。惹事的孩子已被組長拉出來，他原來孤身一人逃難，並無家人長輩，剛才為了爭奪貝殼而打架。他面無懼色的站在元波面前，一臉不屑的瞧著那個被他打哭的玩伴。經過查問，其實雙方都有錯，元波充公了貝殼，並罰他們再到海邊尋覓三十個貝殼，一場紛爭也就平息了。

看熱鬧的人已星散，元波正想離去，視線不意觸及一個極之熟悉的背影，心頭一震，像被一道電流通過似的。他不加細想的朝前行去，越近時心律跳動越速，及至到了背後，眼睛已幾乎承受不了她整個背影，他躊躇著、強忍著，想立即打破謎底。又怕證實之後手足無措，迷惘中也不清楚內心盼望眼前的人一旦回身照面，是她或者不是才好。

「對不起，請問妳是明雪嗎？」

元波的話出口，女人倏然轉身，一張平靜而冷淡的五官，鉛華落盡而寫滿滄桑的姿容，竟非別人，就是那位令元波念念難忘的明雪。

「波兄，你好！」

「是妳！果然是妳！為什麼妳不早些出現？」元波興奮的拉起她雙手，語無論次似的，血液沸騰，他不知如何去表達這份喜悅，以為今生再也不會遇上了。造化弄人，居然令他和她同船共渡，落難荒島，而竟始終不知伊人近在咫尺。

「我以前看到一個背影，像妳，又告訴自已那是幻象。天下也不會有那麼巧事，居然是真的啊！明雪！妳好嗎？」

「……」她移動腳步，朝海灘走去，元波緊跟著，心裡熱熱的，分不出是什麼滋味。

「我已見過你太太，她很溫柔，人又好，真為你高興呢！」明雪的聲音還是甜膩膩的，和從前一般的悅耳。

「妳怎麼會認識她？」

「全船的人有誰會不認識你們呢？波兄！我很為你驕傲。你的表現太棒了，好多次我幾乎忍不住要出來見你，為你鼓掌。唉！可是一想起我是風塵女子，已不再配做你的朋友，就不敢露面。」明雪望著他眼中浮現一層光，掩映不下心中的喜悅。

「妳太狠心了！」

「過去的事，提也無用。那天上山撿柴，我和波嫂相遇，我不想你知道，所以也沒告訴她。」

「她一直想認識妳，原來早已相見而不相識。」

「令弟沒有和你在一起嗎？我沒有發現他呢！」

「他原本一起走，後來出事，現在也不知道怎樣了？」來到海邊，面對茫茫海天，和家人離散，生死下落兩不知；一陣惆悵忽湧心房，元波先前的激情歡喜竟已消失。

「吉人天相吧！你不必擔心。世事難料，波兄，我做夢也沒想到會在船上看見你，以為今生今世，再無緣相逢了。當時真想不顧一切和你相聚，但後來還是強忍了。因此，老是躲躲閃閃，怕你發現。唉！還是避不過。」

「妳知不知道，我弟弟告訴我，妳已離開，我獨個兒悄悄的去找過，也到妳的住家。妳什麼也不說，就避而不見，妳很忍心，為什麼要如此對我？」元波邊說邊對她仔細的凝望，眼前的明雪再也不是從前那位風姿婀娜，嫵媚動人的美女。

時間像刻刀，在她眼角狠狠雕下皺紋，堅挺誘惑的曲線，在過度被摧殘的歲月裡變了形，給人一份鬆弛無奈的感覺。元波不知神女生涯在她心靈造成多深的創傷，但對她驕人的體態被折磨卻有跡可尋。一股柔情摻雜著悲哀莫名的突襲，他抓起她雙手，輕輕撫摸，她微微出力掙扎，將手抽出，眼角不知何時已湧出了淚珠。她別過臉，元波接下問：

「明雪，妳為什麼要躲開我？」

「把愛深埋在心內，我活在一個很美麗的夢境裡，我今生愛過兩個男人，一個是丈夫，一個是你。丈夫被越共抓去勞改，生死不明。你早有妻室兒女，我被你拒絕後，再也不存什麼希望。我不能再見你，讓你像我丈夫一般，永遠活在我心中，相見只有讓我更痛苦，你明白嗎？」明雪再把臉轉過來，已拭去淚痕，幽幽的吐出心中話。

「明雪，我對不起妳。我不知道當年拒絕妳，是如何深深地傷害妳。直到妳不顧生死的在鬥爭大會上挺身為我辯白，我才明白今生負欠妳好多好多。妳知道嗎？這些日子我都在後悔，想妳念妳也常常夢到妳。」

「及至遇見妳太太，我始原諒了你。你太太這麼好，還有什麼女人可以讓你動心呢？」明雪平靜的講，好像在述說一件完全與她無關的事。

「我也告訴她有關我們的原原本本，她因此一直都想能和妳見面。她曾經罵我是偽君子。她說我是大笨蛋，平白放棄了一位紅顏知已。」元波望著她，眼裡盈溢萬縷柔情。心底激動莫名，很想把她摟進懷抱，以表達那份歉疚和憐愛。背後卻宛若有百千對眼睛在注視著，使他壓抑起那股衝動，兩手僵直，不敢移動。

「我被你發現的事，還是不必讓她知道吧！」

「沒關係的，我早已應允她，什麼時候有緣再遇到妳，一定讓她分享我的快樂。」

「妳的妻子才真真正正是你的紅顏知已啊！」明雪幽幽的說。

元波高高興興，原先想念弟弟的惆悵已煙消雲散了，他笑著說：「來！我們找她去。」

明雪搖搖首，臉上泛起一絲紅暈，淺笑著說：「還是算了，其實我們早已見過了，節外生枝對你對我都沒必要呢！」

「能夠見到妳，我太高興了。回去也一定隱藏不住我的興奮，去嘛！」元波不由分說的拉起她的手向前行。

「你到今天還是不了解女人。」明雪微微用力掙出被拉的手，也不再堅持的隨他沿著水湄走去。在海裡泡涼的人們都用奇異的眼光投向這對有說有笑的男女。

還沒到營帳，婉冰竟已迎上來，她聽聞丈夫陪著一個女人回來，好奇心使她離開燠熱的帳篷，她已經在猜測，來者若非盈盈又會是誰呢？疑惑中果然見到和元波相伴而來的女人。

「是妳啊！……」婉冰展開一的抹甜笑，心底疑慮增加。

「是我，妳好！」明雪也報以一笑。

「妳知道她是誰嗎？」元波指著明雪問太太。

「我們見過了。」婉冰凝望她，說越語的越南女人，和丈夫好像極熟悉，心裡如觸電似的猜到了，不禁脫口說：「難道是明雪姐嗎？」

「猜對了，就是明雪呢！」

「妳那天為何不告訴我？」

「不想你們知道我也在島上。」

「還是知道了嘛！那天妳問長問短，我竟沒想起妳是誰？真是太意外了。」婉冰拉起她的手親親熱熱，猶如是多年不見的老朋友；一旦重逢，有說不完的話。元波被冷落了，宛若他只是一個帶路的人，目的地達到後，已經沒他的事啦！

明雪微微把手抽出，堆著笑容說：

「妳很美，誰也不信妳已經是幾個子女的母親了。妳的命真好，他也很有福氣，才能娶到妳這樣的好太太。」

「我也會吃醋呢！」

「根本沒有不吃醋的女人，除非妳不愛。」

「你們重逢了，有什麼打算呢？」婉冰以認真的神色注視她，心底有些瞧她不起的念頭，丈夫神魂顛倒形容到如天仙的女人不外如此，倒也不必太過擔心。

「和沒有相遇前完全一樣，妳已經有了醋味了，不是？」

「妳也很會講話，我和一切正常女人完全一樣嘛！」

「所以，我剛才說了他，到今天依然不能理解女人。我本不願來此，是他硬拉我來的，妳放心吧！我對天下的男人早沒有了興趣！」

「我怎麼能放心呢？妳看他的神色，尤其他對妳的思念也公開和我講，以為離開越南，今生再也不會和妳相逢了！」婉冰坦率的把心底話說出，眼睛望著她，專注的要在她的表情裡尋覓些答案。

「所以，妳讓他相信妳的大方，令他感激妳。唉！只有波兄才會這麼傻，剛才久別重逢，也在我面前不斷稱讚妳，完全忽略了我的感受。你們中國人說的君子，是否像他一樣呢？」明雪平靜的說。

「是的！」

「我走了，我會遠遠的避開他。」

「先謝謝妳啦！」婉冰掛了個甜甜的笑，表現得很開心；明雪也展顏，和元波揮手，獨個兒離去。元波望著她的背影，思潮起伏，回頭發現太太瞪視著，拉起她的手，輕輕的說：

「想不到妳們早認識了，也沒聽妳提起？」

「她根本不告訴我是誰，我怎能知道？」

「怎麼樣？」

「什麼怎麼樣？」

「噢！我是問妳，覺得她怎麼樣？」

「……」婉冰瞪他一眼，什麼話也不說的就往帳篷處走，元波呆呆的一時想不通自已說錯了什麼？

放開腳步緊跟著她。追上時，他變得有點木訥，悄聲的問：「怎麼不說話？我做錯事嗎？」

「你要我如何回答，假如我說她十全十美，是最好的女人，你又怎樣？我要是說真話，相見不如聞名，你的品味也太差勁，又說我潑冷水，嫉妒啦！是不是？」沒來由的醋意已在心湖擴散，她的話忽然無法溫柔，尖銳而冰冷。

「我沒這種意思，以前也是妳說的，有機會一定要認識她。我做夢也想不到真會在這遇上，就硬拉她來和妳相見。」

「如今終於得償心願了，你有什麼打算？」

元波一臉迷惘，他確實不知該如何是好，被太太問到，又聽出婉冰的語氣冰冷，心裡吃驚，立即說：

「為什麼要這樣問我呢？」

「我絕不能容忍你和任何女人有糾纏，什麼都有妥協，唯有這件事毫無商量。」婉冰提高半拍的聲調，一改往常的輕柔，好像面對情敵，全神戒備的武裝了自已。元波愕然的瞧著他。有點啼笑皆非的感覺。

「我今天才知道。妳和別的女人根本一樣。」

「你以為我是外星怪物，女人就是女人，有什麼不對？」

「我沒有任何打算，往後像個朋友打個招呼，總可以吧！」

「應該嘛！」婉冰口裡說著，心裡一緊，滿不是味道。盈盈的事件才水落石出，為什麼老天爺偏要開她的玩笑？不讓她的生活安安靜靜呢？

元波對太太的態度有說不出的失望，心裡絞痛著，忍不住的說：

「故人無恙。陌地相逢，我心裡有說不出的高興。妳是我的妻子，所以要妳分享，看來妳非但不分享，反而惹妳煩惱。以前她比如今年輕美貌，主動要我，我都不為所動。何況現在？上次盈盈的的事，妳那麼信任我。」元波平視著太太，再往下講：「妳知道嗎？我多麼感激啊！婉冰，那麼多年的夫妻了，妳難道還不了解我？」

「還有誰比我更了解你？這些年來，你心中念念不忘的明雪忽然出現了。以前，由於她丈夫是你的朋友，你知道『朋友妻不可戲』的古訓。當她丈夫生死不明，她又挺身為你受苦難，你心中對她總有欠負和愧疚，難保不生愛念，她也會舊情復燃。你說叫我怎能放心呢？」

「妳真是自尋煩惱，在荒島前途未卜，竟會醋溜溜的溢滿醋味。我們將來到難民營，不久後又各奔前程，妳以為這船人會永遠在一起嗎？」

「沒事最好，你只想著我們母子就好了。」婉冰掠掠髮絲，心情怎樣也不能放鬆。

「妳什麼時候對自己沒了信心？她如今的外貌怎能和妳相比。別忘了妳已是幾個子女的母親，卻依舊像新娘。」元波的眼神像望著披上婚紗的新娘正奔向他似的。

「哼！花言巧語，你的嘴越來越會騙女人了。」婉冰心裡一喜，原先的擔心就一掃而空了，真想找面鏡子照照，明知丈夫誇大，但還是掩不下喜悅。

返到營前，正遇上坤培氣喘喘的趕來，他走近元波跟前，上氣不接下氣的說：

「黃生，阿志請你快去。」

「什麼事呢？」

「有消息來了。」

「走！」元波即時和坤培跑向海邊，小渡船上阿輝和盈盈以及偉堂也已等在那兒，元波和坤培才趕到，海盜張也飛奔而至。眾人朝向半傾的貨輪，誰也沒有出聲，心急著阿志收到的是什麼消息？不論好壞，有消息總比沒消息好啊！

34

阿虹親熱的依偎在阿志身邊，阿德站在電報機旁胡亂的撥弄著。眾人魚貫走入室內，盈盈趨向阿德處，把手伸到他的臂膀，彷彿是再自然不過的事。元波向阿德拋去一個冷冷的眼色，好像說原來你這小子就是強姦犯呀！除了元波，其實沒有人知道他眼光的含意。

他有股衝動，幾乎忘了來此的目的，很想衝前抓起這個犯罪者，當眾訴說他的無恥，然後把它記錄在小冊上，到達難民營後交由當局繩之於法無法。似乎唯有如此才可表現出總代表的公正，但當眼光接觸到盈盈那份熱情，以及無視於眾人存在的把半邊身體傾倒在阿德懷抱的姿態，他像被旱雷出奇不意的擊了一鎚，把先前那股怒火驅散了。別過頭把視線投到別處，一切擾亂他心思的幻景，就如按下關閉電視機的電源，通通消失了。

阿志輕輕挪移身體，推開阿虹，面向元波說：

「黃生，剛才收到新加坡電台的通知，說印尼政府已派遣一艘大軍艦來平芝寶島接我們，還祝福我們好運！」阿志的話才講完，歡呼叫好的聲音爆響了，如雷的掌聲也混雜著，小小的電報室幾乎容不下這麼大的喜樂衝擊著，元波幾經困難才止息了這份激情的狂喜，他說：

「有沒有說軍艦什麼時候出發？何日到達？」

「沒有！話沒說完，電報機的電就完了，再收不到任何聲音啦！」阿志推推眼鏡，白皙的臉蛋無端泛起紅暈，好像電報機發不出聲響是他的錯似的。

「前後就只收到那句話？」

「聲音本來很低，但肯定只有那麼多話，阿德弄了好一會，還是沒辦法。」

「我們對外的連絡正式中斷了。」坤培神情穆然的說，彷彿在宣佈一件噩訊，大家的笑意都被一筆勾消。

「如果真的已派出大軍艦，是好消息啊！」阿德開口，他們也把糾纏的手悄悄分開了，正正經經的發言。

「可惜不知要多久才能等到軍艦出現？」阿輝說。

「盧媽美！總之我們有救了，是不是？」老張的粗口一出，哄哄的笑聲又使大家充滿了歡喜。

「至少，新加坡電台絕不會和我們開玩笑。」元波望著他們說：「我們的情況已經極端危急了，這幾日靠雨水、吃鮮魚；老許又走了，魚再無人供應。我不敢把這種種危機向大家說明。阿志剛才聽到的話，無疑是我們今生最好的一個消息，我們苦難的日子就快過去了。」

鼓掌再次帶起了歡樂，給勾消的笑意又推滿了每個人的五官。阿志臉上的紅暈也退了，他問：

「黃生，通訊中斷了，我們不必再看守電報室了吧？」

「當然，水艙也沒水，貨輪不必再看守了。把收存的求救煙花訊號彈通通搬到島上，大家今晚好好慶祝一番吧！」元波拍拍阿志的肩膀，阿虹圍過來伸手給元波，他一愕才把手遞出去相握，她嬌聲的說：

「恭喜你啦！黃先生，我們得救了，你真偉大！」

「大家合作，我們能平安就太好了，有什麼偉大呢？」元波臉上一熱，有點忸怩，被女人恭維，全身都不自然。阿虹卻撒嬌似的纏著「偉大」的結論。

阿輝和坤培動手搬出許多圓筒，阿志收拾了自已的衣服，大家高高興興的回到島上。岸邊早已擠滿了等消息的人群，他們下了渡船就被眾人包圍著，好消息立刻傳開去了。元波所經之處，都再三的被難友截住，彷彿唯有聽到總代表親口說出來，才能算是真的。同一句話，就在元波口裡用不同的方言重複的說了又說。甚至，婉冰和阿美也熱情的拉緊他雙手，祈盼從他口中證實這個突至的天大喜訊。

明雪竟和兩位越南代表破例來找元波，聽完了好消息，明雪盈著淚分別和婉冰與元波握手，婉冰早先的醋意也已消失殆盡。在這刻歡樂的時光中，大家所思所想都是重生的慶幸，那來兒女私情的糾纏呢？

全島男女老幼被這個驟然宣佈的喜訊樂到手舞足蹈，過往芳鄰、朋友曾經爭執吵架的，在互相祝頌的愉快裡，竟也一一握手言歸於好。好像那些誤會從來都沒發生過，平時苦著臉的也放鬆了肌肉，堆起笑容，快樂打從心底湧出。一切面目可憎的五官在這段時光中都變得人見人愛，絕處逢生，黑暗裡見到光明的心境，居然是一致的感受啊！

盈盈和阿德笑吟吟的手拉手出現在婉冰夫婦跟前，在他們愕然裡，阿德開口說：

「黃先生，到難民營後，我們……」他漲紅了方臉，一時說不下，幾經掙扎，才再出聲：

「我們想結婚。」

「啊！太好了，恭喜、恭喜。」

盈盈忸怩著抬起頭說：「我們想請你做證婚人。」

「我？」元波一愕，有些意外。

「是的，希望你幫忙。」盈盈羞赧的垂下眼。

「啊！當然，當然。」

「恭喜你們啦！」婉冰伸手和盈盈相握，眼睛卻瞄向阿德。阿德方方正正的口臉始終掛著笑，講完和盈盈相伴而去。望著他們的背影，婉冰舒了口氣說：「那種人竟也會負責任，倒很難得呢？」

「我差點含冤莫白了！」

「問心無愧最重要，不是早已水落石出了，我始終相信你呀！」

「謝謝妳，我當時最擔心的是妳。幸而妳深明大義，也絕對信任我。」

「不然，怎麼配做你的太太呢！」婉冰把手伸進元波的臂彎。倚著他，心裡甜甜蜜蜜，陰霾全散了，明天會更好，臉上漾起了笑意。

歡樂的氣氛瀰漫全島，彼此在患難的環境中有過摩擦的夫妻，如今竟放開了心懷，一笑泯恩仇。每個人莫不從心底湧起了快樂，年紀較大的婦女們、老婆婆們，由於感激，也因為曾經千百次的祈求神佛庇佑，驟聞喜訊，紛紛在帳篷前向天跪拜，答謝神恩的那份虔誠都明明白白的寫在臉上。

無事可做的人，就在住處整理收拾，潮濕的衣服，破爛的紙盒，空的瓶罐膠袋，這些東西在盛平世界的人眼中，莫非是垃圾廢物，而在難民眼裡卻是全部財產和寶貝。沒有人捨得隨便扔棄任何財產，這種心理是一致的，何況對於難民營究竟是什麼天地仍是無人知曉。有備無患，能帶能拿的東西，都準備搬走。於是，收拾行裝的人們倒也忙忙碌碌，和往常喬遷的情況沒有兩樣。如有不同，是少笨重的桌椅床櫃等傢俬，貼切的形容倒像是遠行前的整裝，那份投入和專心，看在眼裡，都十分令人動容。

紅彤彤的太陽滾落海裡時，一些涼風猶如是「鐵扇公主」出力搖動了她的大扇似的吹拂過來。晚餐時間的涼快，加上喜悅心情，令人食慾大振，以大快朵頤去慶賀某種喜事似乎是人之常情。所苦的是這時刻，大家雖有這份心思，可是、幾乎佔大多數的人卻通通沒有存餘足以充飢的糧食。

有些人是暗藏了些美鈔、黃金、鑽石之類貴重物品，在原始社會上沒有市集的荒島，縱然是千萬富翁，這時也和一文不值的人等量齊觀。畢竟美鈔、黃金和鑽石，是不能放進口裡咀嚼的啊！

許多單身漢，由於年輕力壯，消化力強，食糧也大，這幾天早已斷糧了。除了飲雨水充飢，肚裡早已空空如也，今晚奇蹟出現了。一些仍有存糧的人由於生機忽現，再也不必為長留荒島而擔心，居然大方而慷慨的分出並不豐裕微少糧食接擠這些餓漢飢民。不知誰帶了頭，很快的這好事傳遍了全島，大家忽然都親熱起來，通通效法把餘糧獻出；有的彼此交換分享，有的餽贈半條烤魚，有人遞來兩三塊早已變軟的餅乾，或者是半包速食麵等等。謝謝的聲音和不必客氣的說話驟然於這黃昏清風微拂裡飄送開了。

千多人經歷了近一個月患難與共的生活，直到此時此刻，大家才真真正正的感染著「有福同享」的氣氛，彼此把距離一下子拉近了。島上的淪落人成了一家人，再沒有任何時候更能像今晚那樣表現出「同舟共濟」的精神。

無人會脹飽到打呃，也沒有人空著五臟只渴白水，大家心滿意足；人人都有點東西填進肚裡後，星星們早已不甘寂寞的爭相露臉了，像詩畫一樣溫柔美麗的夜晚拉開了歡樂的序幕。

前灘沙地上燃燒了一堆火，偉堂和阿輝把船上搬下的求救訊號彈都拿來現場，男男女女一層層的把火堆包圍著；第一個訊號打上黑黝黝地海面，火光沖天，紅色的火花在黑布上閃出了一條線似的光芒，瞬時間把那片黑不見涯的海面照出了一串明亮。歡呼鬧笑和拍掌的混聲爆響，一個充滿了快樂無憂的營火大會，在地球赤道不為人知的孤島上開幕了。沒有請帖也沒有預約，平芝寶島的這個營火晚會是這片荒涼的島嶼自有天地以來的第一次，也可能是最後的獨一無二的人類舞會。當這班苦難的人離去後，有什麼機緣率會再有不幸者又涉足這塊不毛之地呢？

嘹亮的歌聲送進空氣，先有人帶頭唱幾句，就變成男女合唱，吵叫笑謔和呼喚著，然後你推我撞的胡鬧著，終於有人奮勇的出場，擺動起舞步，引來雷掌，雙雙對對的男女相擁起舞。有的求救訊號居然像煙花般的在夜空上開出美麗的圖案，每個升空的煙花，必引起大家的高呼和鼓掌。

無人祈求這些訊號是救命之用途，而都把它看成了過節時的點綴，欣賞的心情竟讓人忘記身在何處，所謂「窮風流」也許是最貼切不過的形容了。

元波全家也坐在沙灘上，看著火堆前的男女載歌載舞，每次煙火沖天，明明和阿雯又跳又叫的拍著手，高興得像以前過農曆年看舞獅時的樂極忘形。婉冰依偎在丈夫身旁，泛著微笑，注視著兒女的歡樂；元波仰望明滅的星星，似真似夢的感覺使他忘掉憂慮，如斯幽美的夜色，返到世界紅塵後也許終生難再擁有。他平視黑黝黝地海面，看著千千萬萬閃爍的星星，聽任笑聲歌唱從風裡飄來，耳旁還有浪潮拍岸的韻律；身邊溫溫暖暖的偎著太太的軀體，眼前的兒女蹦蹦跳跳，又是動又是靜的畫面，動靜中皆蘊含了一份美，他浸沉在夢似的境界裡。逃難以來，幾乎心力交瘁的沒有休閒過。這一刻，他放鬆了精神心思，首次整家共享如此良宵，是多麼不可思議的事啊！

「喂！為什麼不講話？」婉冰仰起頭，用手滿含憐惜的撫摸良人消瘦了的臉，自已應該也好不到那裡，幸而沒有鏡子可照，才能免去觀望憔悴姿容的心驚。

「無聲勝有聲嘛！」元波撥開使他發癢的手。

「你肯定軍艦真的開來了嗎？」

「假的！妳真是大煞風景啊！」元波坐直了身體，有點生氣，這麼美好的詩境偏要把現實的煩惱拖來破壞。他好比對鏡照著自己滿意的容顏，還沒看夠竟被人把鏡擊碎了。

「假的？你居然……」婉冰完全沒有意會到她是擊破鏡的人，竟嚇到立即推開丈夫，想說什麼一時又找不到恰當的話。

「瞧妳，已經告訴妳了，又不信，還要問了再問。傻瓜，是真的呀！」

婉冰出奇不意的伸手在他腿上狠狠擰了一下，笑罵著：「去你的，膽敢騙我？」

元波也返手摸她的臉頰，已經很久了，夫妻倆沒有打情罵俏，因無私人天地，想放肆也不敢。

「噓！」婉冰嬌笑的避開了，一下子又正經八百似的神色，整整上衣，指指火堆邊的人群。然後又靠近了，嚴肅的問：

「阿波，明天我們都得救了，你答應過我些什麼？」

「帶妳去澳洲看袋鼠，陪妳去買化妝品，和妳看電影，吃幾餐飽飽的，是不是？」

「去你的，你又想要賴了？」

「除了那些，還有什麼？」元波微笑的瞧著她，一時也想不起曾經允諾過太太什麼？

「你答應我不再做代表了，有沒有？」

「對啊！我早講過了，妳不提，我也不會再做呢！」

「大家平安，你已經盡了責任，功成身退，以免多惹不必要的麻煩。」

「妳心裡只是不願我老不在妳們身邊吧？」

「任何做妻子的女人，都會和我一樣希望丈夫時刻在身旁，尤其是逃難的時候，難道我不對嗎？」婉冰伸手往兒女玩耍處指去：「她們也一樣想要爸爸在身邊呢！」

「妳沒錯，可我也是身不由己，這些妳都清楚，何況、也真吃力不討好。」

「始終沒有人會多謝你，是不是？」

「我也沒想到要誰對我感激，做事能心安理得，並無它求。主要妳能諒解，就很高興啦！」元波說。

「我除了諒解，還要容忍。你知道嗎？我少了你的幫忙，百上加斤，辛苦極了，腳傷到現在還痛呢！」

「我忽略妳，真對不起呢！幸好還沒傷到太嚴重。」元波握起太太的手，輕輕撫弄，一股憐惜之情油然而生，悄悄地把嘴貼上手背吻。不意阿雯恰恰走近，給她瞧到了，她大聲的呼叫姐姐阿美：

「家姐！妳快來睇，爸爸惜媽咪的手，羞著呢！」

「阿雯，妳過來。」元波叫喚，一抱把女兒摟到懷裡，吻向她的小臉上，然後說：

「喂，爸爸惜阿雯，妳說羞不羞？」

「不羞，不羞，惜媽咪才是羞羞。」阿雯掙脫了，嘴裡嘰咕的亂嚷著。

婉冰笑吟吟的抱起明明，向丈夫招招手，一家人走向火堆的人群裡。

嘹亮的歌聲，歡樂的笑鬧，在夜風吹拂裡掩蓋了海韻。火堆中央空地處，盈盈和阿德手拉手的跳舞，然後阿志摟著阿虹的腰肢加入。不久，阿輝和偉堂也被觀眾推了進去，跳著動著扭擺，阿權和坤培也出現了。當大家呼喝吵鬧，不停的大力鼓掌時，海盜張搖動著身體，扮演小丑似的引來陣陣嘩笑，他誇張的挺起圓圓的大肚子舞進空地。歡樂的高潮又湧現了，當他們發現元波一家人，雜亂的人牆分出了一條通道，不由分說的把他們半拉半拖的迫進去。元波微笑的一手拉起阿美，一手握著婉冰，婉冰抱了兒子，也笑意可掬的學大家東搖西擺。

整班人倏然手拉手的圍起火堆左右移步，後來坐地旁觀的人紛紛起立加入，這樣數百人一層層的繞成了小圈，笑鬧、歡呼、搖擺、亂動的手舞足蹈。人影錯落，沙塵滾滾，婉冰氣喘喘的抱著明明吃不消的先逃出圈外，阿美姐妹也氣呼呼的倒在沙上。倦了的人先後跌坐沙地，到最後一眾的影子消失了。煙花訊號早已放完，火卻依然熾烈的燃燒，宛如一面光明的鏡，要照亮這班苦難者的心。

光影中每張興奮的臉通通紅紅的漾溢著歡愉，年紀大的悄悄退回去。夜已深沉，露濃星暗，可是大家的興緻未滅，尤其是青年男女們，猶若是過年守夜似的，都依依不捨的守著這個如詩似畫一樣幽美的良宵。

阿雯姐妹後來也玩倦了，元波接過已熟睡的明明，一家人行回帳篷，歌聲和歡樂卻一直在他耳內繚繞，當躺臥沙上時，心裡依舊充塞著一份自逃難以來，從沒有出現過的快快樂樂。

35

也許是懷滿希望，人人以為只要睡醒，就理所當然的會在海面見到那艘大軍艦。雖然一夜狂歡，天未亮卻已經有人相繼起身，一反往常爭先恐後到後山如廁。沿著沙灘水面而立，眼睛望向大海。除了晨星稀落的閃爍外，無盡的視野所及，真是海闊天高一片茫茫，那有什麼船影呢？

失望的情緒感染著每個人，許多人望眼欲穿的拚命在水平線上巡視，海面一層白霧如新娘的面紗似的，有意無意的把眾多視線擋回去。

東方天際一隻無形的手輕輕的趁人不留心的當兒，悄悄地把新娘子的薄紗掀起一角，白光從水底照射。天涯處的雲朵本來黑黝黝的一塊塊糾纏難分，忽然間嬌嬌羞羞的像醉酡酡的姑娘，把紅彤彤的本來面目示人。由淺變深的彩霞如畫家不小心把七彩全倒在畫布上似的，高高張掛，鮮艷奪目。元波和婉冰擠在人叢中，望向海天的變幻，幾乎忘了原先看海的目的。

一輪紅日以萬道光芒亮麗之姿露出海面，在大家目瞪口呆中爆發了一陣歡呼，強光照耀，新娘子的白紗已經消失。極目處，小小的船影奇蹟般的映入眾眼，不知過了多久，一聲驚呼混和了說不出的過多興奮脫口而出：

「船，船來了！」

「船……船來了！」

像迴聲似的激盪在空氣裡，然後是男男女女爭先恐後大聲小叫的齊齊奔向水湄處，大家不約而同的把焦點對正聞風不動的船影。樂極忘形的人蹦跳著，揮舞起一塊手巾，揮舞的上衣和破布的招展是緊接著那位持手巾者之後被想到的。風拂過，一片差別很大的飄揚著的形形色色的巾布衣褲如招魂者之幡，無非是想把那艘至今未明身份的船招引過來。

時間已經失去了意義，引頸期盼，這一生再也不會有另一次盼望能更令人激動，有什麼等待是關連到生死的呢？再焦急的人，往海邊一站後，眼睛被那船影吸納，身體像成了化石，休想再移動了。

不知過了多久，原先小小的影子，漸漸清楚了。然後越變越大，灰色的巨艦像一座小山似的屹立在海上，石破天驚的鳴放了一聲長笛，宛若在向島上的難民招呼。大家如夢初醒，竟一起高呼擂拳，然後彼此互相擁抱。元波被婉冰緊緊抱著，有點手足無措，前後左右的人又爭先伸手過來與他互握。

「我們有救了！」

不知何人高喊出了大家的心底話，在激情裡，有人淚流滿臉，有人語無倫次，有人又笑又哭，大家剎那間都沐浴在無邊的快樂裡。

水聲和著機器的鳴響，一艘登陸艇快速的駛到岸邊，武裝的印尼海軍陸戰隊十多人保衛著一位軍官，涉水上了沙地，熱烈的掌聲表達了難民們出自內心的對他們的歡迎。手持擴音器的軍官呼喝眾人後退，並下達了他的第一道命令，要全島的人立刻到沙地上集合。

命令才從阿輝的口中譯出，幾乎全島的男女老幼經已遵從的集合在沙灘上，所有的人萬分順從的通通蹲坐地面，大家喜形於色。軍官在阿輝的介紹下，和元波握手，他說：

「黃先生，請你交出小冊子，有什麼人犯法沒有？」

元波把一本白簿冊雙手遞上，搖搖頭說：

「報告長官，沒有人犯法，大家都很合作、服從。」

軍官接過，隨手放進大衣袋裡，面向蹲坐眼前的人們說：

「各位，從你們登陸平芝島起，就是在印度尼西亞的國土上，你們現在又將轉移到丹容比那島的難民營，你們一定要奉公守法。黃先生剛才交回的登記犯法小冊子，沒有任何人的姓名被登記。」他含笑等待熱烈的鼓掌，那些曾經違法的人忐忑難安的心全放下，代之而起的是對總代表手下留情，沒有把他們記錄而由衷充滿了感激。軍官再接下去：

「由此，證明你們都很合作。現在，誰擁有任何利器手槍、長槍、榴彈砲等武器的立即自動交出來；鴉片和白粉、海洛因等也請拿出來。請注意，如果違命者被查到，會被判處死刑。」

坤培和海盜張把手槍交出，另外有幾位海盜張的弟兄們也紛紛把各自擁有的短刀、衝鋒槍、刀和利斧拿到軍官跟前，至於毒品則無人呈交。

「還有沒有？這是最後機會了，上軍艦前各位要被撿查。」再沒有人出來，奉公守法的人不會以身試法的，軍官的聲音又響了：「謝謝大家。現在，工作人員先上船，各位依照每組次序由組長帶領，我叫到那一組時，該組才出來，明白了沒有？」

「明白！」一陣持久不散的掌聲結束了軍官的訓話。

阿輝在擴音器裡開始點名：

「阿德、盈盈、阿志、阿虹、坤培、張生、阿權、黃先生、偉堂，請你們和家人快些到海邊。」

老蔡從人堆裡跳出來，一把搶過阿輝的手提擴音器，他笑著說：

「喂！你也是工作隊的人應該先走吧！這裡由我負責好了。」

阿輝想想，反正也沒有什麼事情了，就聳聳肩去拿行李。元波隨著工作隊的朋友來到登陸艦泊岸處，海軍陸戰隊用繩索臨時掛起一個撿查站，大家把背囊和包袱皮箱行李打開，給軍士們查看，這關通過了。下艇前分別由兩位士兵做人身撿查，從上身到褲腳都被那雙粗糙的毛手摸撫，婉冰鐵青著臉，把明明抱在胸前貼緊了前胸，但也逃不過身體別的部位被碰觸，敢怒而不敢言。難民是否和賤民們的命運相同呢？在某種場合上應是無法分別的啊！

平底的登陸艇發動馬達開動了，顛簸搖動的速度一如水面被割開後再反擊的浪花。除了幾位印尼軍人談笑自如外，元波和一眾的朋友在開航不到五分鐘後都相繼嘔吐。天旋地轉的暈浪，令每個人臉色轉白四肢乏力，有種去死不遠的感覺，魂魄似乎經已飄飛而去。

像夢遊者似的恍恍惚惚，二十分鐘的行程彷如隔世，魂魄又不忍拋棄肉身的回歸，艇已靠近一座灰大巨山，山崖已掛下一張網，原來這叫做繩梯。迷迷糊糊還站立不穩的人已被呼喝著往上爬，阿美攀上，婉冰不敢仰望，海盜張一手抱起阿雯，背上袱了明明，爬上半途時，明明雙手一鬆，就往下墮。

波浪擊打，艇身盪開又拍擊艦身，千鈞一髮間，在婉冰驚呼尖叫中，艇身恰恰和戰艦碰撞一起，明明也給兩位軍人伸手接住。婉冰臉無人色的臉掛著兩行淚水，元波拍著她的肩膀，兩位軍人已如猿猴般快捷的將明明往艦上推去給海盜張。婉冰雙腿無力，勉力往上爬，兩位士兵一人一邊如抓小鷹般的把她架了上去。

元波在暈眩中雙手抓住粗繩，人往上爬，腳踏上梯時有種搖晃沒有重心的感覺，每一步都小心的看準梯級才敢踏實，全身的體重就靠雙手握緊粗繩。仰望是陡直的艦身，峭壁也總會有些傾斜，而面前的巨山卻成九十度筆直，繩梯因海浪洶湧而增加了動盪次數。在梯上的人也就搖擺不定，有種隨時墜落的趨勢，雖然驚心動魄，但元波的思緒竟全無雜念，專心的在每一級裡尋踏腳處。從地獄通至天堂的捷徑，這條天梯就是了，歷盡千辛萬苦，天堂在望，再怎樣艱難也唯有咬緊牙齦往上爬。快接近目標時偶然抬頭，他望到幾十個照相機、電視攝影機的長短鏡頭正對準在繩梯上喘氣戰鬥的爬繩者，某種突湧的憤怒情緒充沛心裡。

難民們的悲苦形象在今晚新聞節目播出時，有多少娛樂成份在取悅電視機前幸福的眼睛呢？又有多少顆同情的仁心會因為這些片段而去深思，世上存在的這些悲哀苦痛原本可以撲滅的啊！怒氣也是一種力量，元波在最後幾級中，居然敏捷的抵達甲板。

阿美和阿雯雙雙拉起乏力的父親，元波隨女兒找到了婉冰棲息之處；他們對望一眼，不約而同的把視線投到兒子明明那張圓臉蛋上，剛才僥倖，餘悸猶存，彼此心靈相通，一起充滿憐愛的去吻兒子。

海盜張和阿輝、坤培分別站在艀板上接應，把乏力的小朋友，臉青唇白的小姐太太們一一伸手拉到艦上。原本空蕩蕩的甲板，被逐漸到達的人佔據後，綽綽約約的人影交錯著，人聲沸騰。像趁墟的心情，大家口沫橫飛，又像瞎子摸象，彼此爭論著目的地「丹容比那」島的種種。由於大家都是從沒去過，也沒有任何那個島的資料，辯起來也就特別熱鬧和精彩；而又一無是處，這些說話無非是表達精神上的興奮，希望別人認同。

早過了向午，要不是明明吵著餓，元波也沒感覺到，從天亮至今，原來還沒東西進肚。他找到阿輝，兩人一起行到被印尼海軍劃為「閒人免進」的禁區前，持步槍的士兵不會英文，不過卻找來一位尉級士官，阿輝於是詢問他，正巧他是負責炊事的管理長官，把他們領到播音室。

於是，艦上的擴音器首次播出了阿輝的粵語：

「各位朋友：印尼海軍部七千噸級的摩哈密戰艦全體官員歡迎你們。明天早上你們會到達『丹容比那』市，這段航程祝你們愉快。我們供應今天的午、晚兩餐飯，大家不能在戰艦上生火煮飯，請各位合作、排隊。黃先生站立的地方就是領取午飯的所在。謝謝！」

元波已被少尉領到禁區前一所小窗戶，飯盒從窗口遞給他，他再分給聞聲趕來排隊的人。阿輝出來後，元波把這個派飯的工作託他負責，自己拿了五份，在隊伍裡看到女兒阿美。招呼一聲，父女高高興興的捧著午餐回到「住處」。婉冰寒著臉，接過飯，什麼也不講的去餵兒子。

「什麼事？」

「你講話不算數，你為什麼要回來？」

「阿輝一出來，我立刻走了；妳講理好不好，我是去找吃的，妳以為我不管就會死嗎？」元波也有了氣，說完轉身，打開飯盒，咖哩雞飯的香味撲鼻。他望著那盒塗滿咖哩黃色的飯，心裡的氣早已拋之雲霄，肚內飢蟲全體擠湧。將近一個月了，幾曾見到如此美味？什麼山珍海味、什麼滿漢全席，在他此時感覺，都無法和這盒令人垂涎三尺的雞飯相比。他津津有味的又狼吞虎嚥的把最後一粒飯也吃到乾乾淨淨，抹抹嘴，才發現阿美姐妹原來也吃完了。

「爸爸，真好吃呀！令晚還有嗎？」

「有呀！我還想再來一盒呢！」元波笑著撫摸阿雯的頭，心滿意足的對自由世界充滿了感激。滿漢全席的意義比不上一小盒飯的珍貴，沒有經歷國破家散亂世苦難的人們，又如何能使他們相信這種事實呢？

接近黃昏時，千多人都到了戰艦。符伯找到元波，神色慌張的說：

「黃先生，你們先上來後，那個老蔡，我呸！他自己宣佈已經是總代表了，是不是你的意思？」

「出海求救的那個老蔡，是不是？」元波微笑著，有人辭官歸故里，有人漏夜趕科場，真是一點沒錯啊！

「是啊！我們都不要他做代表。」

「算了，符伯，誰做代表還不是一樣。何況，我也應該讓賢了。」

「不一樣就是不一樣，我們都很生氣。黃先生，無論如何你都要照顧我們呀！」

「謝謝你的好意啦！我真的不再管閒事了。」元波瞄向太太，她都聽到了，主動的拉起丈夫的手，兩人行向船舷。

島上橫七豎八的破帳篷依然在風裡飄動，地上凌亂的留下些雜物，在夕照下靜靜地擺在原處，孤島又回復了它原來的靜寂。這片荒蕪之地竟讓一千多難民棲息了整整十七天，「平芝寶島」這個美麗的地名終於讓世人知道，究竟是種什麼因緣啊！躺在一半水裡的南極星貨輪完成了一生的命運，將和荒島一起被人類忘卻，這又是如何的悲壯。元波放眼四望，充滿了一份依依之情，他知道，今生除了在午夜夢迴，是絕不可能重臨斯境了。走前，多望幾眼彷彿可以把這裡的景物深刻的印入腦袋，在未來的歲月，向子孫述說時才會有更明晰的描繪。

一聲雄壯而響亮振奮人心的汽笛劃破空宇，千多雙手掌立刻瘋狂的鼓拍，七千噸的巨艦排水前進，歡呼聲摻雜了許多喜極而泣的淚水，大家再次相互擁抱、握手。此去的一天行程再無風險，大難不死，重生的慶幸漲飽大家的心房。

船舷四週站滿了人，巨艦平穩的破浪航行，「平芝寶島」漸漸的越變越小，首先消失在眼瞳的是那傾斜的「南極星貨輪」沉沒在水平線下了。柔風輕輕吹送，繽紛艷麗的晚霞把大家都染成了一臉紅暈，所有的容顏展現的是溢滿的喜氣。

婉冰溫柔的依偎在丈夫懷裡，元波輕摟著她，誰也沒有說話。巨艦衝進了夜幕，明天天亮後，一個自由美麗和幸福的新天地正準備著歡迎他們。

明明的笑聲在身側傳來，元波回頭，阿美抱著弟弟，右手牽著阿雯，不知何時已悄悄地站在父母旁邊，婉冰抱起阿雯，元波接過明明，左手盈握阿美，一家人歡笑著加入領取晚餐的隊伍裡……。

一九九一年六月十七日脫稿於墨爾本

二〇一〇年六月十七日重新校對於墨爾本

釀文學14　PG0538

怒海驚魂30日

作　　者	心　水
責任編輯	林泰宏
圖文排版	蔡瑋中
封面設計	王嵩賀

出版策劃	釀出版
製作發行	秀威資訊科技股份有限公司 114 台北市內湖區瑞光路76巷65號1樓 電話：+886-2-2796-3638　傳真：+886-2-2796-1377 服務信箱：service@showwe.com.tw http://www.showwe.com.tw
郵政劃撥	19563868　戶名：秀威資訊科技股份有限公司
展售門市	國家書店【松江門市】 104 台北市中山區松江路209號1樓 電話：+886-2-2518-0207　傳真：+886-2-2518-0778
網路訂購	秀威網路書店：http://www.bodbooks.com.tw 國家網路書店：http://www.govbooks.com.tw
法律顧問	毛國樑　律師
總 經 銷	聯合發行股份有限公司 231新北市新店區寶橋路235巷6弄6號4F 電話：+886-2-2917-8022　傳真：+886-2-2915-6275

出版日期	2011年5月　BOD一版
定　　價	320元

國家圖書館出版品預行編目

怒海驚魂30日 / 心水著. -- 一版. -- 臺北市：
釀出版， 2011.05
面； 公分. --（釀文學；PG0538）
BOD版
ISBN 978-986-6095-10-8（平裝）

857.7 100006102

讀者回函卡

感謝您購買本書，為提升服務品質，請填妥以下資料，將讀者回函卡直接寄回或傳真本公司，收到您的寶貴意見後，我們會收藏記錄及檢討，謝謝！
如您需要了解本公司最新出版書目、購書優惠或企劃活動，歡迎您上網查詢或下載相關資料：http:// www.showwe.com.tw

您購買的書名：______________________________

出生日期：________年________月________日

學歷：□高中（含）以下　□大專　□研究所（含）以上

職業：□製造業　□金融業　□資訊業　□軍警　□傳播業　□自由業
　　　□服務業　□公務員　□教職　□學生　□家管　□其它____

購書地點：□網路書店　□實體書店　□書展　□郵購　□贈閱　□其他

您從何得知本書的消息？
□網路書店　□實體書店　□網路搜尋　□電子報　□書訊　□雜誌
□傳播媒體　□親友推薦　□網站推薦　□部落格　□其他________

您對本書的評價：（請填代號　1.非常滿意　2.滿意　3.尚可　4.再改進）
封面設計____　版面編排____　內容____　文／譯筆____　價格____

讀完書後您覺得：
□很有收穫　□有收穫　□收穫不多　□沒收穫

對我們的建議：______________________________

____

____

____

請貼
郵票

11466
台北市內湖區瑞光路 76 巷 65 號 1 樓

秀威資訊科技股份有限公司 收

BOD 數位出版事業部

（請沿線對折寄回，謝謝！）

姓　　名：＿＿＿＿＿＿＿＿　年齡：＿＿＿＿　性別：□女　□男

郵遞區號：□□□□□

地　　址：＿＿＿＿＿＿＿＿＿＿＿＿＿＿＿＿

聯絡電話：(日)＿＿＿＿＿＿＿＿　(夜)＿＿＿＿＿＿＿＿

E-mail：＿＿＿＿＿＿＿＿＿＿＿＿＿＿＿＿